老孟 那些 酒事儿

谢冕 总策划

贺绍俊 主编

山东人民出版社

全国百佳图书出版单位 国家一级出版社

图书在版编目（CIP）数据

老孟那些酒事儿 / 贺绍俊 主编 . —— 济南 ：山东人
民出版社，2017.1
ISBN 978-7-209-09954-7

Ⅰ . ①老… Ⅱ . ①贺… Ⅲ . ①散文集 - 中国 - 当代
Ⅳ . ① I267

中国版本图书馆 CIP 数据核字 (2016) 第 253707 号

老孟那些酒事儿

贺绍俊 主编

主管部门　山东出版传媒股份有限公司
出版发行　山东人民出版社
社　　址　济南市胜利大街 39 号
邮　　编　250001
电　　话　总编室（0531）82098914
　　　　　市场部（0531）82098027
网　　址　http://sd-book.com.cn
印　　刷　北京市雅迪彩色印刷有限公司
经　　销　新华书店

规　　格　32 开（146mm×210mm）
印　　张　5.5
字　　数　102 千字
版　　次　2017 年 1 月第 1 版
印　　次　2017 年 1 月第 1 次
ＩＳＢＮ　978-7-209-09954-7
定　　价　29.80 元

如有印装质量问题，请与出版社总编室联系调换。

海內存知己天涯若比鄰

子愷畫

折得荷花偏忘却
空将荷葉蓋頭歸

子愷

写在前面

贺绍俊

　　这是一本会让你捧腹大笑的书，而且我不是吓唬你，如果你的笑点太低的话，你还得提防着可别笑得笑肌痉挛、下巴脱臼。

　　二十来个人共同来写一个人的酒事，也就是为一名酒徒画像，这是一桩顶有创意的事情吧。这个创意是由伟大的谢冕老师想出来的。有一天，谢老师对大家说，老孟有那么多的酒事儿，应该发动大家都来写，写了编成一本书，这比写一些无聊的文章要有意思得多！我们觉得谢老师的创意太好了，纷纷响应。我自告奋勇担当主编重任，主编的任务无非是敦促大家按时交稿，但我也有了先睹为快的便利。读到这些文章时，我才慢慢地明白了谢老师的这一创意有着多么深刻的含义。原来，谢老师是深感现在的文学写作有了越来越沉重的负载，比如要忧国忧民，要宏大理想。如果说这些还属于雅的负载的话，现在又给文学写作加上更多的俗的负载甚至是恶俗的负载，比如为了献媚，为了金钱，等等。读这样的文学作品，感觉就是一个字：假！谢老师是要让我们写一种没有负载的文字，用文字表达自己的真诚。

至于说到主角老孟，他本人对此事的态度如何呢？借用他的一句口头禅就是"悲喜交加"呀！喜的是这么多的朋友像捧英雄似的一起来捧他，他顿时有了一些当明星的范儿；悲的是这些朋友一点也不讲情面，冲上来就像要把他的装束全部扒光似的，让他赤裸裸地暴露在光天化日之下。我们也由此会发现，在老孟的层层装束之下，藏着的是一颗赤子之心，那么真诚，那么可爱，那么任性，又那么单纯。如此看来，谢老师的创意，是要还文学以本来的面目。能够真实地呈现一个人的真实状况，能够塑造一个具有独特个性的人物形象，这才是真正的文学。

老孟是我们大家的朋友，是好朋友！因为老孟的豪爽率性，也因为还有酒的催化，老孟和我们在一起的时候总是那么开心，那么坦诚。古人说君子之交淡如水。我觉得我们不是君子之交，而是赤子之交。在我们所处的这样一个交际复杂的现代社会里，也许赤子之交要比君子之交更加弥足珍贵。从老孟与我们的关系可以看出，赤子之交浓如酒啊！

感谢老孟！自从谢老师一声号令，我们一拥而上，拿起笔在老孟的身上任意涂抹，老孟始终保持着一副任人宰割的姿态。

这大概也就是赤子之交才会有的情景吧。如此一来，我们的文字透露出来的便是真性情。放眼当下文坛，十分热闹，非常繁荣，但一篇篇文字里藏着心机，透出伪饰，最缺的就是真性情。谢老师深谙文坛的缺憾，就多次呼唤真性情的写作。比如他评论湘夫人的情诗时就强调"要紧的是一个'真'字"。比如谢老师还说过，诗人要有一份天真，要用天真的眼睛、天真的心灵去观察去拥抱世界。天真不就是真性情吗？谢老师以他睿智的眼睛发现了，以酒为题来写老孟，能够激发起我们的真性情。老孟肯定也懂得老师的深意，所以他心甘情愿地做一个模特儿，让我们对他指手画脚。于是我们就有了这本真性情的书，这本书或许能够给当下的文坛带来一点新意，让文学返璞归真。

最后说说本书的体例。我作为主编，为难的是，面对这么多大腕儿的文章，不知该如何排序。按官位大小排，这是国内最通行的做法，但是"呸！"我要是采用这种最恶心的做法，不被这些大腕儿们骂死才怪呢！那么就按文章的质量高低排。这个排法倒是很有学术含量，但我必须找一个权威的学术评价机构给每一篇文章的质量打分。是找美国的常春藤名校，还是找中国的"985"名校？不管找哪里都会有争议。最后我决定按年龄大小排序，长者在前面，晚辈往后站。尊敬长者，这是中华民族的美德。我只要一一查清每个人的生辰八字，也就把文章的排序搞定了。但接下来又碰到一个问题，打听女士们的年龄是很不礼貌的行为，暴露女士的年龄更是如同犯罪。我急中生智，书中的几位女士看上去都非常年轻，不妨就将她们视为最年轻者，所以全部排在男性作者的后面。至于几位女士之间谁大谁小，以我的肉眼简直分辨不出来，所以我只能以另外一种方式来排她们的先后，就是按她们写作的积极态度，谁最先交稿谁就排在前面。当然，这样一来，就以性别将书分成了两大部分，前部分是男性眼光，后部分是女性眼光。你别说，性别差异还真的存在。你可以对比一下：是男性眼光毒一些还是女性眼光毒一些？我可看出来了，但我不能将我的感受告诉你，免得你说我误导了你。

我想在书的结尾应该让老孟站出来亮相才对，所以将他的一篇文章殿后，这既可以看成他的自斟自饮，也可以看成是他的自我总结。老孟在文中谈起了酒的文化史，那么也请读者们阅读完了以后评价一下，这本《老孟那些酒事儿》是否已有足够的分量进入到酒的文化史呢？

目　录

草草杯盤供語笑　昏昏燈火話平生

子愷畫

今夜故人来不来
教人立盡梧桐影

子愷

谢冕　1932 年生，福建福州人。北京大学中文系教授，著名评论家，新诗批评和诗歌理论研究卓有影响，出版有《共和国的星光》《论二十世纪中国文学》《谢冕编年文集（全 12 卷）》等。20 世纪 90 年代初收孟繁华为博士研究生。

老孟那些酒事儿

　　老孟就是孟繁华。老孟是他的朋友们对他的"敬称"。在北大的前后同学中，不论辈分、无分年序，大家一律都这么称呼他，甚至我们这些非常"嫡系"的他的老师们，如我本人和洪（子诚）先生，也毫不例外。大家习以为常，毫不见怪。老孟听见别人（包括老师）这么叫他，也认为理应如此，一律敬谢不敏。

　　老孟名气大，不是因为他学问做得好——在他的同学中，学问做得好的有的是，他们也没轮到老孟这么风光，再说，也不因为他年龄稍大——年龄再长，能比得过他的老师们吗？说透了吧，老孟的声名显赫，多半是因为他平生嗜酒。

说起老孟嗜酒，也并非他的酒量有多大，而是他喝酒之后的故事多，亦即这里的题目所显示的"酒事儿"多。老孟遇场必喝，每喝必醉，每醉必有"故事"。老孟就这样，随着他的"酒事儿"的增多而名扬海内。他的酒名，甚至超过了他的文名，这是很令业内的一些人心意失衡的。

老孟原先在中央电大当老师，后来不知怎地心机一动，就来了北大。开始做进修教师，不过瘾；接着做访问学者，还不过瘾；后来干脆就当上了博士。其实老孟一旦进了北大，压根儿就没想离开。他是下决心"赖"在北大不走了。果然老天不负有心人，老孟在北大，学问长进自不必说，居然结交了许多酒友，他的酒名是越来越大了。

老孟的那些酒事儿，我听到得不少，可谓如雷贯耳。但我亲历得并不多，因为我们之间毕竟隔着个师生的名分。记得那时"批评家周末"的聚会，会议之后照例有一个饭局，饭局之后便有酒事儿。多半此前，他们总以"老师累了"为借口，把我们"支开"，接着就是他们的"花天酒地"了。正因如此，我们得知的多半不是第一手的资料。

毕竟是亲密的师生关系，也不乏一些直接的见闻。记得一天深夜，我被电话铃叫醒，吓出了一身冷汗。打电话的是一位年轻女性（*后来知道是裘山山*），她向我打听孟繁华的家在哪里。原来是老孟醉如烂泥，自己说不清了。当时在车上的还有张志忠，是军旅一班作家的聚会。老孟趁着酒意，向张志忠大吹北大如何如何。张告诉他：老子在北大的时候，你不知还在哪里呢！那晚是裘山山他们按照我提供的信息，把死猪般的老孟抬上了他的家。老孟对此浑然不觉。

还有一次，也是深夜。是他们"热情"地把老师"支走"之后，原先聚会的"家园"餐厅终于抗不住，要打烊了。据说，他们一伙围着北大周边连续换了好几个酒家，直至夜阑人静，天色欲晓。这时，所有的园门都已关闭，住在承泽园的肖鹰，住在圆明园的方明，住在镜春园的彭玉娟，所有的夜游者都回不了家了。至于老孟，他算是高人一等，干脆就忘了家住何方——其实当时他就住在蔚秀园！

老孟醉后的常态是话多，即我们所谓的"上课"，且不厌其烦地"循循善诱"，往往历十数小时而热情不减。据说有一次，开始认真"听课"的有十多人，后来谁也抗不住了，也就悄悄地退场，妙的是老孟竟然浑然不觉，照讲不误。最后剩下了两个"好学生"：谢有顺和杨克。再后来连文质彬彬的谢有顺也溜了，剩下个杨克负责把老孟送到家——因为老孟照样忘了家在何方！

老孟因酒误事的次数多不胜数。最妙的一次，是社科院文学研究所的党委书记包明德先生亲自告诉我的。他是当日事件的亲历者，应该不会有误。这一天是文学所的例会日，上午各研究室分别开会，下午，前半段是室主任汇报。老孟时任主任高位，应当参加，后半段是党委会，老孟不参加。中午，是著名的"酒协"的例会。老孟依然发挥得极好。待到饭饱酒酣，老孟猛然想起了下午的主任会议。他跌跌撞撞地进了会场，大家都用惊异的目光看他。老孟似乎还沉浸在他的酒意之中。包明德毕竟是书记，知道老孟"这下崴了"，偷偷地捅他身子，告诉他现在开的是党委会。老孟吓得酒醒一半，有点不好意思，搭讪着说："你们接着开，接着开……"然后狼狈地退出了会场。大家深知老孟，彼此会心一笑。

老孟酒事儿特多，民间流传得更多。我身为老师，惭愧得很，毕竟知之有限。有人爆料说，老孟酒酣，除了"上课"动口之外，也有动手的时候——无端或有端地打人或被人打的都有。老孟酒醒后往往追悔莫及。他对我说过，实在有损形象，于是决心戒酒，弃旧图新。

老孟终于戒酒了。老孟一戒酒，同学们和老师们见到"面目一新"的、与平日行止迥异的老孟，仿佛是见了大观园里那个丢了通灵宝玉的宝二爷，满桌的酒菜顿时都失去了滋味！大家一边虚情假意地祝贺他戒酒成功，一边又不免"心怀恶意"地盼着他的失败。

老孟果然不负众望，很快，也许就是下一次餐叙，酒照喝，"课"照上，该演出的故事照演。大家一面嘲笑他，说他正应了华君武老先生的那幅"戒烟图"，一面又为他的故态复萌而心中窃喜。

充满了酒意的老孟，同样充满了童心和真趣，酒里酒外的老孟非常可爱。离开了酒意的老孟，往往又使举座不欢。我们大家都是这样地矛盾着，同时又这样地"痛苦"着。

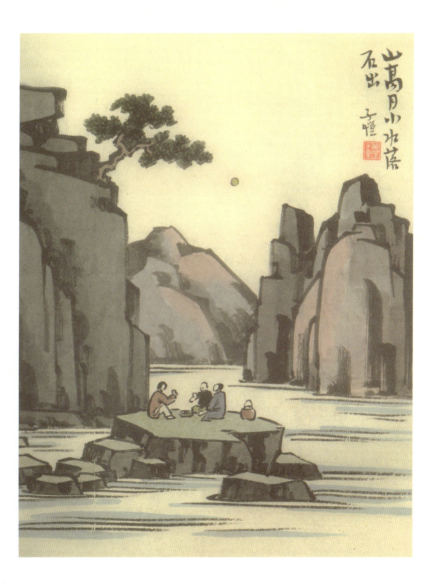

山高月小
水落石出
子愷

贺绍俊 1951 年生于湖南长沙。曾任《小说选刊》主编，后辞去主编随孟繁华去沈阳师范大学做特聘教授。主要从事当代文学批评。

泥做的男人、水做的女人以及酒做的老孟

贾宝玉说，男人是泥做的，女人是水做的。大家都认为贾宝玉说得太精辟了。的确如此，贾宝玉一句话就把咱男人的形秽之处点了出来。不过我觉得贾宝玉毕竟还比较年轻，阅历不够，所以他总结得还不是十分全面，比如他就没有发现，还有一种男人是酒做的。假如他阅历再长一点，遇到了咱们的老孟，与老孟喝过几场酒，他一定会感慨当年的总结还是太匆忙了些的。老孟是酒做的男人，这是毫无疑问的。

老孟的确是酒做的。如果以酒论英雄的话，非老孟莫属，我们都甘拜下风。但我又要公正地说，老孟在酒上还是有欠缺的，这大概是用酒做老孟的时候，最后做得太匆忙了，漏了一

些必要的细节。比方说，老孟既然是酒做的，就应该什么酒都喜欢，但实际上不是这样，老孟最爱喝的是啤酒，白酒他也喜欢，但对葡萄酒很不感冒。葡萄酒是多么高雅的酒呀！酒桌上要是上了葡萄酒，他先是皱皱眉头，又不好拂了主人的盛情，勉强端起杯与人们干了，然后就坚定地说，上几瓶啤酒吧。我因为爱喝葡萄酒，每逢这种场合，就不能容忍老孟如此轻慢葡萄酒，便要与老孟舌战一番，我痛陈葡萄酒的高贵品格，还嘲笑他喝葡萄酒就像喝啤酒一样满杯一干而尽，完全品尝不到葡萄酒醇正的口感。这时候老孟马上变了一张面孔，把自己打扮成祖宗三代都是贫下中农出身似的，还拍着胸脯说自己就是无产阶级写作。至于黄酒，老孟则是深恶痛绝，认为就像喝中药一样。偏偏我又是特别欣赏黄酒，所以轮到餐桌上只有黄酒的时候，我就很看不起老孟了，如此歧视黄酒，还能算是酒造的身坯吗？我曾经尝试改变老孟对黄酒的偏见，把黄酒温到恰到好处，又加入话梅、姜丝，让它的口感更加生动，然后动之以情，晓之以理，还以身作则，好言相劝，但老孟依然是孺子不可教也，这让我大失所望。久而久之，我才明白了，老孟虽说是酒做的，却必须加上一个限制词：烈性酒。既然老孟是烈性酒做的，那他对于那些绵软的酒类概不感兴趣，也就情有可原了。

谈到酒做的老孟，不得不区分一下酒的性别。烈性酒是酒里的男人，而黄酒、葡萄酒这些绵软的酒就是酒里的女人。东北的大老爷们儿，"大男子主义"很严重，言谈中不时流露出歧视女性的情绪。老孟也是一个东北大老爷们儿，他歧视黄酒以及葡萄酒恐怕也是他的"大男子主义"在酒上的反映吧。不过，老孟毕竟是一名具有现代性的大学者，他在文学上根本就不歧视女性，甚至还对女性格外热情，在学术理念上，他早已把东北大老爷们儿的"大男子主义"清理得干干净净，只是在对待酒的时候残留了一点尾巴。烈性酒一般是指白酒，还包括洋酒中的白兰地、威士忌、伏特加。老孟对于各种烈性酒是来者不拒的，一杯下肚，就把他的性情点燃。不过老孟最爱喝的并不是烈性酒，既包括白酒，也包括洋酒。他最爱喝啤酒。有人可能就会质疑我的结论了，你说老孟是烈性酒做的，可你又说他最爱喝的不是烈性酒，这不是自相矛盾吗？听我来解释。首先，用烈性酒做的人，不见得就要最爱喝烈性酒，二者没有必然的逻辑关系。其次，老孟最爱喝啤酒，恰恰证明了他是烈性酒做的。因为，在我看来，啤酒也是烈性酒。啤酒虽然酒精度低，但它完全是靠酒精的味道来满足人们的味蕾的，不像葡萄酒或黄酒或各种果酒，掺进了其他东西的味道，这一点也与烈性的白酒一样，而且啤酒和白酒也都是从粮食中酿出来的酒，所以啤酒和白酒应该属于同一类型，这就是说，啤酒也是酒里的男人。当然与白酒相比，啤酒的酒精度低多了，它是一种缓释的烈性酒。喝酒是让男人的本性释放的过程。一大口白酒喝下去，马上就有一种烧心的感觉，因为酒点燃了男人内心被压抑的本性。啤酒是缓释的烈性酒，它会让男人本性的释放过程放慢速度。

这大概就是老孟酷爱啤酒的重要原因。啤酒让他释放男性荷尔蒙的时间延长到你根本想象不到的程度。

　　说老孟是酒做的，就在于酒几乎成了老孟生命的一部分。人们都说生命离不开水，但老孟是生命离不开酒。有时我们俩一起出去办事，疲于奔命，终于能在一个小餐厅里坐下来了，老孟喘口气说，渴死了，来两瓶啤酒吧。一瓶啤酒下去，老孟马上精神焕发。但我还是得要服务员来杯水，喝水才能止渴。说老孟是酒做的，并不是说他的酒量大得惊人，比老孟酒量大的人多了去了，但这些酒量大的人要和老孟比酒胆和酒德的话，多半都不及老孟。多年前我和老孟一起"闯关东"，落脚到了沈阳。沈阳人民的热情非常高，每天都有人为我们接风洗尘，说接风洗尘是优雅的书面语，说白了就是喝酒。我知道东北人个个豪爽，喝酒玩儿命，有些怯场。老孟大包大揽地说，没事，我会打招呼的。我想到时候老孟一定会出面为我挡驾的，到了酒桌上才发现事情的严重性。老孟一闻到酒香，即刻就兴奋起来，老孟的兴奋还有一个特点，他要求周围的人必须跟着兴奋。他举起酒杯，说干了！他自己先是痛快淋漓地干了，然后眼睛瞪得圆圆的，看其他的人是不是跟着他一块儿也干了。要是谁杯里还有剩余的酒，他不依不饶，一定要看着这人把剩余的酒喝净。当他这么做时，自然也不放过我。于是我只能自己保护自己了。我也体会到老孟这样做完全是出于他高尚的酒德。他觉得我们俩来到沈阳，就像来到了别人的地盘，自然要放下身段拜把子，在喝酒上也要先干为敬。老孟对我一番教诲，我也就心甘情愿地配合他在酒场上拼杀。老孟只要一上酒场，就斗志高昂，把东北大汉一个个都杀得片甲不留，但老孟自己有时也伤痕累累。几轮酒下来，我不忍心看到老孟总是带伤出战，便和他说，打仗要讲究策略，不能一味蛮干，以后每一次战斗要有明确目标，不要树敌太多，分散火力，如此如此，这般这般，取得胜利后马上收兵。老孟点头称是。问题是老孟一旦沾上酒就不听指挥，他的酒智压过了理智，关键时候，我频频给他使眼神，他却像痴呆了一样无动于衷。后来我只好改变策略，从敌方阵营里发现那些实力很弱不敢恋战的对象，预先做好他们的策反工作，让他们到时候举手投降，于是我就可以名正言顺地宣布战斗结束。要不为什么说老孟的酒德很好呢？这时候马上显现出来了，他不愿意靠这种计谋来躲过敌人的枪林弹雨。尽管他此刻舌头已经有些大了，吐词不太清晰了。但他还会说，不行，不行，怎么就结束了？一切才刚刚开始！再走一个！很快，大家不得不甘拜下风，一致认可了老孟的酒胆和酒量，也将东北学界酒林老大的桂冠拱手让给了老孟。

老孟自从当了东北学界酒林老大，真是尽职尽责，为提升东北学界酒林的名声办了很多实事。实事太多，不能一一道来，就说一桩最惨烈的吧。话说南方的姚文放，也是学界酒林高手，当以老孟为老大的东北酒林名声越叫越响时，姚兄自然也听到了，但他不以为然，声称要来东北比试比试。他来沈阳的行程一定，东北酒林便严阵以待。当时老孟和我待在北京，听到有战事，老孟说必须回沈阳参战。我知道这是一场恶战，找了一个借口推脱了。后来听老孟和其他当事人描述，方知这场恶战有多恶！文放在沈阳停留了三天，这三天是从白天喝到黑夜，直喝得昏天黑地。文放以白酒见长，老孟以啤酒取胜，酒桌上"三中全会"，干完白酒干啤酒。三天里，陆续有东北汉子光荣地倒下了。临到文放要上机场前夕，鏖战仍在进行中，酒桌上早已阵营零乱，仅剩下老孟仍在与文放交锋。无论是文放，还是老孟，此时也是摇摇欲坠了，但他们仍互不服输。文放想以航班的时间已到为由告辞，老孟则在此刻显出英雄本色，他当即倒满一杯，又将文放跟前的酒杯倒满，说这一杯为你送行，端起酒杯一口喝下。文放也是好汉，也毫不犹豫地喝干了这一杯。这一杯下去，他几乎都站立不起来了。他顽强地保持着体面的形象与大家告辞，但在去机场的路上再也挺不住了，半路上喊司机停车，在路边一顿狂吐，边吐边放出下次再来算账的狠话。老孟这次维护了东北酒林的名声，但他也损失惨重，直觉得头疼欲裂。第二天还要去广州参加学术活动，到了广州老孟同样也挺不住了，打了两天吊针。

　　酒做的老孟也是很会做学术的。我们能不能从他的学术里闻到酒味，这应该成为一个研究项目，去争取国家社科基金。我因为没有专门的研究，不能得出结论。读他的学术文章，犹如在喝五粮液和茅台，酒香扑鼻。在酒的浸泡下，老孟始终处于豪爽状态中，所以他的学术话题总是特别宏大，他从来不做那些鸡毛蒜皮的学术文章，立论总是从大处着眼。你看他的题目《众神狂欢》《无产阶级文化领导权》《文学革命终结之后》《想象的盛宴》，都是如此威猛，真像他在酒桌上端起酒杯，一声走起，仰头将一大杯啤酒倒进嘴里后的气势。

看花攜酒去　酒醉挿花歸

子愷畫

张志忠　1953 年生，山西文水人。现为首都师范大学教授，博士生导师。先于孟繁华就读谢冕的硕士研究生，著有专著《莫言论》等。

老孟醉酒记

老孟者，当代文学评论的大腕儿，我的同门兄长。认识老孟，有些年头了，老孟的豪饮，耳闻目睹，印象颇深。

最早见识老孟的嗜酒，是在一次从北京到苏州开会的火车上。距今已经将近 20 年了，回想起来，还犹如在眼前。他和另一位中央电视大学的老师李平，两个人对坐在靠着列车窗口的小椅子上，一瓶白酒，一两种下酒菜，此时并非吃饭时间，他们却悠然对酌，自得其乐。车厢里人满满的，一同与会的人也不在少数，不过，像老孟和李平这样，上车前就准备好了要在车厢里品酒，连酒杯都带好了的专业到位的酒徒，可谓稀罕。

老孟自己贪杯，也擅长劝别人饮酒。我们共同的朋友中，就有人声称，是老孟教会了他喝啤酒的。我自己在近十年间，有过多次醉酒的纪录，但是，一般的醉酒，都还是能够撑得住的，不会当场倒下。只有一次，在老孟的新新家园的新居做客，还有谢冕先生和李杨学兄在场，不知是艳羡老孟的"豪宅"，还是着了老孟的"道儿"，我竟然在餐后于老孟家酣然入睡，等到梦醒时分，已经是黄昏了。那天记不得是否李杨也喝高了，反正我睁开眼睛，李杨还在场。接下来，不知道是谁提议要去打乒乓球，我们三人又骑车到了海淀体育馆，大战几个回合。我只好感慨，我不但喝酒不行，打球也不行，而老孟的球打得非常出色。后来他"出关"，到沈阳师范大学做特聘教授，据他说，为了一个球的判决，他竟然和他的球友（球敌）揪着领子打了起来，不知道那是不是也在喝酒之后。

不过，我也见识过老孟醉酒之后的"雄姿"。

有一次，一家出版社做东请客，其目的很明确，请我们几个人给他们新出版的一套"长篇小说丛书"写点文章。按理说，这样的饭局，客气要多于热情，也没有人敢放出手段灌醉老孟这样的"嘉宾"，但是，老孟自己却失控了。正所谓酒不醉人人自醉，色不迷人人自迷，几个女作家的在场，极大地提高了老孟的饮酒积极性（要赶紧声明，这是特例，许多场合，没有美女助兴，老孟照样酒兴大发。2011年8月，我们在八大处门口的中宣部培训中心参加第八届茅盾奖评奖，就是一群男子汉，老孟仍然是酒场召集人，带领一帮小兄弟，跑到外面去喝酒——

此处增加若干字，呵呵），小杯换成了大杯，豪气勃发，豪言壮语伴着"五粮液"，一饮而尽，却根本不在乎他人有没有喝。

如是再三，让我目瞪口呆，以为老孟的酒量真是大得惊人。没有想到，走出餐馆，坐上那家出版社安排的送我们回家的车子，老孟却有点找不着北了。我醒悟到老孟醉酒了，于是当机立断，车过魏公村，我没有下车，一定要把老孟送回家啊。没有想到，老孟已经醉大发了，问他住在哪座楼都问不出来了。车子已经开到新新家园附近，就是不知道该把老孟送到哪里。出门赴宴，不会把电话簿带在身上，当时也都还没有装备手机。情急之间，我要司机把车子停在一家餐馆门口，进去给谢冕先生打了个电话（师从谢冕先生，迄今快30年了，先生的电话也是我仅有的几个烂熟于心的电话了），先问明了老孟家的电话，再打过去问清了楼号和单元。记得还是老孟的女儿接的电话，一听说她爸爸喝多了，口气显得非常焦急。等到了新新家园小区的门口，她已经等候在那里。老孟醉得踉踉跄跄，走路都很困难了。也许那些保安对老孟醉酒并不生疏，貌似司空见惯，几个人都上来帮忙，和我一道把老孟连扶带抬地送到家（记得哪位朋友说过，老孟有一次喝醉了，就在新新家园的门卫房里，给那些小伙子们讲了一课。还有一次，酒瘾发了，没有酒友相伴，就从门卫那里拉了一个小伙子一道去喝酒，只是不知道他是不是一边喝酒一边"讲课"——此处又增加100字，呵呵）。

从此，"老孟醉酒记"就成了我在朋友聚会时的保留节目，也更增添了老孟和朋友们的酒兴。

附记 1：

　　这篇文章，也是某次聚餐时谢冕老师发起的，酒酣耳热之际，他要求在座者每人写一篇"老孟那些酒事儿"，再写一篇自己的酒事儿，诸人当即欣然承诺。不过，尽管谢冕老师率先垂范，完成了一篇"老孟那些酒事儿"，业已发表在一家刊物上，但不知道他人是否完稿。我这一篇，就算是塞责吧。

附记 2：

　　此文写于 2010 年夏，是最先响应谢老师的号召而成文的。后来有个报纸闻讯索要此稿，但是拿去之后没有刊用。我自己把它贴在 2011 年初我的新浪博客上了。最近是由贺绍俊担纲主编，《老孟那些酒事儿》的编辑进入冲刺阶段，我却一时间找不出此文了。幸亏胡大夫提醒我，今日从博客上扒下此文，又增补了括号里的文字。呵呵。此刻，俺也汹汹然陶陶然，一大罐冰啤酒下腹，写起来更加流畅了。饮而不醉，醉而能文，不亦乐乎？

田翁爛醉身如舞 兩箇兒童策上船

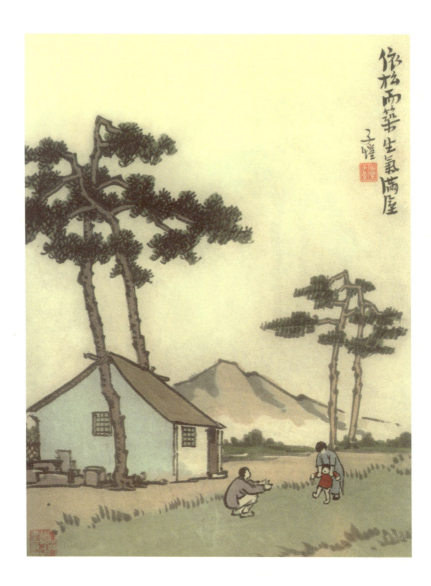

靳大成 1955年生，中国社会科学院文学研究所研究员，主要研究方向为文学理论及文化研究。著有《成圣之道——清初孙奇逢理学思想述评》《刘再复现象批判——兼论当代文化思潮中的浮士德精神》等。与孟繁华在文学所共事期间，自称为文学所酒协的会长。

酒人列传之老孟篇

与孟爷繁华的遭遇是在他刚来单位的第一个周二，应该是1995年。

周二上班的日子，对我们来说，是"放假"。

社科院的科研人员每周有一个返所日。平时自己在家研究。由于不必每天"坐班"，有时家务也揽得多些。什么接送孩子，买菜，购物，缴纳各种杂费，办理家中各色琐屑之事，总之，家属认为，你"不上班"嘛。你辩解说，我是"不坐班"，是在家"工作"。那也没用，总之，杂事都是你的，人家"上班"

嘛。我妻家这边来的亲戚就曾不解地质疑：天下哪有拿钱不上班的人啊？我晕，到哪儿讲理去！

所以，周二返所日，往往是我们真正放松的日子：不用理家政。

在孟爷来社科院文学所之前，我们虽然周二也喝，但一般动静不大。而且，喝酒论学是常景，论学为主，以酒为辅。这个风气由于孟爷的到来起了变化。

孟爷东北人，瘦高个，戴个眼镜，外表显得挺斯文的。

第一天上班，中午时分，他很诚恳谦和地说，如果没别的什么安排的话，想请大家吃个饭，务请拨冗。于是我们大约五六个人跟着去了。入座，坐定，满上杯，先自我介绍各自家学和知识谱系。话锋一转，冲酒事儿来了。

前三巡酒，还是常规礼仪，再往下喝，渐渐地就显出霸气了。东北人的酒风初露锋芒，他只要举杯，你也得跟进，而且必须得干完。但是，这次他轻敌冒进，和俺打了个遭遇战，不清楚我的酒底，我后发制人，老孟最后高了。那可真是，三杯吐然诺，五岳倒为轻。但还好，尚能自己回家。

孟爷是要面子的人，他得把场子找回来。下个周二，办公室里闲扯了几句，只见他一脸凝重，从包里拎出两瓶白酒，说什么上次没喝好，今天中午算正式的，要好好喝。那时室主任是杜书瀛先生，他为人宽厚、谦和，总是在忙着室里的事情，没工夫跟我们共进午餐。于是，一帮"小年轻"们和闲杂人等跟着老孟去了。

孟爷的长项是啤酒，但白酒也是有量的。唯他不太喜欢掺着喝。我则异于是，无可无不可。于是，这第二次请客，孟爷高了，只好送他回家。那时他家在佑安门外，今天开阳里一带。高归高，酒风就是好：始终没忘记了由他买单。

喝了两回酒，已经了解了他的品性。用他的话说，第一次跟你小子喝，一见你喝酒的架势，就感叹人间自有真情在呀，生活处处有知音呀。我已完全了解了他的酒性，以及种种劝酒伎俩、说辞、灌口儿。不管他说得天花乱坠，只要你先放慢速度，顺其说辞，让其兴奋，你就看吧，不用人劝，一会儿，他自己就喝得起兴了，一换场子，一换酒，一准儿得高。这就叫近而示之远，远而示之近，能而示之不能，用而示之不用。酒场如战场，兵者诡道嘛。

于是在下一个周二，才十一点多，孟爷就在室里说，今天谁谁谁过来，中午咱们小聚。此时孟哥的大名已如雷贯耳。他干活儿勤，出手快，文章多，所以稿费也多。又为人豪爽，一向抢着付酒账。因此，他在北大读博时的一班弟兄只要听说孟哥摆场子，都二话没有，立马跟着走。于是聚集了七八个人，跟着孟爷走了。这次我提前提醒他，今天某某是目标，咱们敬那小子几杯。那时某生尚未当官，为人也还本色，而且也喝几杯啤酒。于是，这次，他发挥出色，我们只稍微向某生"单独""敬"了几杯啤酒，当然是干杯，某生被放倒了，晕乎乎被扶着回去了，此刻也不知道什么是老子的汇注汇释汇校了，全跑爪哇国去了。考虑到人家现在当个领导也不容易，俺姑且隐去其名。至此，孟爷打了来所的一个漂亮仗。

从这时起，每周二中午必喝，而且是大喝。通常都是由孟爷发起，基本上也由他买单。时间稍一长，名声就传出去了，号称什么"九届二中全会"：即周二中午酒会。而且，喝着喝着，有几个经常参与的骨干就自封为社科院酒协。拉杆子，扯大旗，有主席、副主席、秘书长、各局口负责人等等。某也不幸，忝居主席之位。主席的意思不是酒量大，而是酒胆壮。

不过，依愚见，先贤曾云以文会友，俺再补一句，以酒辅文，此乃常道。这且放下不表。

孟爷酒是酒，一点儿也不耽误动笔。他很勤奋，每天睁开眼就写作，写累了就呼朋唤友招呼喝酒。加上他交游广，南来北往各路诸侯雁过留名。那些年，接他的电话往往是这样开头的：大成，我在哪儿哪儿，赶紧过来，某某某来了。叭嗒一声，电话撂了。

有一回扬州来了一个朋友，姚某某，呵呵，姑隐去其名。来单位办事，专门来室里和大家打个招呼，说早听说你们酒协如何如何，中午我请客，一起喝酒。于是，中午我们跟着他去了长安街上太白楼。他和王绯也是旧识，除文评编辑部的几位，我们专门也叫上了王绯。

姚兄果然好酒量，上来就一扎先干为敬了，然后一杯一杯

三杯不记主人谁

子恺

和我们碰，也专门敬了王绯和小罗等女士。一看这阵势，这叫来者不善呀。我和老孟、彭亚非对了对眼神，于是我先来"单独"和他干杯了。几个朋友这一单独敬，一转眼儿，一二十扎酒下去了。散时我看他样子尚可，分手后，听高建平讲，是跑去他家醒酒去了。建平一直陪到晚上，送到北京站。姚兄对建平讲：要是一对一，我是不怕的（最后这句用扬州腔，那才叫好听）。据说一直想着要回报我们一下。大前年四月，烟花三月下扬州，在他的码头开会。几次宴饮，我一直等着他来报复，也没见有多大动静。看来，教训还是深刻的。但老孟惨了，听说有次他在那里开会，遭遇了姚兄同事学生的合围，他寡不敌众，战况相当惨烈。

孟爷也常有停酒不喝的时候。其戒酒与恢复的常规：但凡你一听说他态度坚决地讲戒酒了，不喝了，一准儿是前几天有一场大败，伤己伤人伤感情。戒的决心虽有，但酒性难耐，经不住人逗。我一般是根本不听他讲什么戒不戒的事情，只管围桌坐定，第一次劝酒，他确实会说：不喝不喝。过三五分钟，你再举杯相劝，他用迟疑的语气说：要不就不喝了吧？你再劝，他伸手夺瓶自己就倒满，来，干！

两千年，我在通州，由于拖了交稿，惹得老先生不快，经常电话追着催。同时，家中遭逢大事，泰山泰水大人带着小外孙来家长住，一时人满为患，写作没有了环境。于是我向一个朋友求助，借他的宾馆住几天赶写东西。这天正在工作，忽接孟夫人一个电话，语气平和，左一搭右一搭，没来由问了些不相干的事情。我正纳闷儿呢，这时她话锋一转，"顺便"说：老孟没在你那儿吧？一听这话我明白了，肯定是这位仁兄有什么事情闹着不回家。还有啥事？想都不用想，不就是酒后闹事嘛。才放下电话，孟爷的电话就到了："大成，你在通州呢吧，我马上过去。"我赶紧拦住话头："别，别，千万别，别过来，恕不接待。您老赶紧回家去，立马去，而且回家给人道歉去，别讲条件。"事后得知，如《左传》上说的，遂和好如初。

　　这里我得解释一句：酒协这帮"领导"们哥儿们义气还是有的，彼此间有担待。属于因酒犯事，有错必认。但回到家中面对家属的时候，我们是有默契的。比如孟哥回家面对媳妇时，就往俺身上推责任。我呢，回家后当然把事情都归之于他。只是孟哥做得比我彻底，不论我在不在场，他会习惯性地全往我身上推。所以那几年我媳妇一听见孟哥的名字，怒火中烧，恨得牙根儿痛。有一回不巧，几家人的聚会，双方家属都到了。孟夫人突然对我说，大成，每次老孟可都怪你，说全是因为你才喝高了！我媳妇一听，一脸狐疑地看着我。我和老孟对视了一下，一转脸，两人都看蒋寅兄。他是秘书长，而且媳妇不在家，于是我们异口同声说，其实都怪蒋寅，每次都是他非要再喝，就怪他。蒋寅无语，微笑点头默认。于是一场风波就这么平安渡过了。所以说，我们朋友之间，是有担待的。

　　单位对面中粮地下有个快餐厅，那里有为周边白领准备的比较像样的快餐。分档次，不算酒水，交个份钱随便吃，包括不少品种的小凉菜。有一回我和孟爷在那里喝酒，下午在单位高建平请了香港学者讲城市文化符号。为了参加讲座，中午赶时间，我们匆匆忙忙喝了四五扎啤酒就散了。老孟被风一吹，酒劲上来了，已经晚了几分钟，主讲人刚好开了头。他一入座，没两分钟，就开始说话：你这个问题讲得非常好，非常重要，我认为如何如何。一开口，半小时过去了。那时，高建平也才来文学所几年，他们之间还不太熟，于是非常客气含蓄地提醒说："老孟，你看是不是可以先让某某先生讲完，我们再讨论？"孟爷正在兴奋中说，可以，可以，第三点，如何如何，一直讲下去，直到散会。就这样，香港城市文化建设问题变成了中国内地文学问题专场。事后问他讲了什么内容，他一点儿也不知道。

这个还不算极端。我听他讲，在北大读博时，有回他带一帮人喝酒，高了，晚上一点多了，给导师谢冕先生家里打电话，询问自己具体住在什么地方。他找不着家了！

孟爷酒再高，还是有底线，师道尊严还是讲的，绝不做任何待师不敬的事。我曾几次听他讲，谢先生的言传身教，对老师的感恩。你要是敢在他面前对谢师有不敬的言语，那他当场就急了。血性之人，立马爆发。有回谢先生七十大寿，我也去了。谢先生是我本科时的老师，七九年，八零年，听他讲当代新诗，为朦胧诗的出场扫清道路。讲课时，诗情逐激情，神采飞扬，浑身散发着热气。有回在北五环的一处宿舍区，我去看一个养病的朋友，忽听背后有人用福建腔叫我的名字，一回身，只见一位老者身手敏捷，电掣而至，翻身下车，直停眼前。我定睛一看，原来是谢先生。还未接语，他先哈哈大笑了，上来就问，听说你还在跟老孟喝酒呢？我唯唯诺诺，不敢否认。谢先生，你们北大中文系五五级的这批学者中，您也是我最为敬重的人之一。

1999年我们喝了一回大酒。那时我刚搬去通州住了几年，远远看着家住市里的这帮同事、哥儿们折腾，自己在京东喝自己的小酒。北京从暮春到初夏，就几天，天就热了起来，长衫长裤都穿不住了。这不，又到了日子口了。

于是这天，在家里忽然怎么也待不住了。早晨起来泡的好好一杯浓茶，怎么喝也没了香味。桌上摊着翻开的书页，怎么也看不下去了。于是，给老孟打了个电话，说这日子口，没啥事的话，去广场逛逛去？孟哥说，你啥意思？我说，确实没啥意思，就是去转悠转悠，好歹也是个念想吧。咱们就去广场周边找个小馆子喝酒吧。这位仁兄虽然长我数岁，可性子比我还急，二话不说，行，没问题，就在天安门前见。

十二点到了，一见面，天热，大家穿的短裤短衫，实属衣冠不整那类。而广场正在重新修建，围着施工塑料布，进不去也看不见里边。于是掉头去了劳动人民文化宫。进得园来，游人不多，只是便衣、警察、武警之类，我们的公安干警们，一圈圈围坐待命。基本上是十几个人围成一圈，席地而坐。有看书的，有打牌的，我甚至还看见有两人在下围棋，这让我很感兴趣。转了几遭，我们没啥兴头，只好在南门东边最近的一个紫藤架下酒食亭，找了个座坐下。那里虽卖酒，但没有什么菜。我们就叫了几份凉菜，什么袋装花生米呀，卤豆干呀，四川泡菜呀，加四瓶冰啤，开喝了。

天气闷热，天空阴沉沉的，心情更别说。也怪，我们还没怎么喝，也没谈什么话，什么学术界近闻也没交流呢，酒劲儿就开始往上涌。我说，得，今天咱们得喝醉，来，干！要说呢，平时我俩酒量差不多吧，一人半斤八两白酒再加几瓶啤酒，根本没问题。可那天不知咋回事，才干了几下，就开始摔瓶子了。我俩各摔了一个瓶子，服务员小伙子就过来了，我跟他说，不好意思，不是对你们，待会儿我们收拾。又叫了四瓶啤酒，平均每人不过四瓶，就有了酒意。而且，这老孟就真的醉了，说话从大声变成夹杂着喊，并且冲着人家警察骂当局，呵呵，无非发泄发泄嘛。

说实话，人家公安还挺含蓄，只有一位老警官慢慢悠悠转过来，看看我们年纪都挺大，喝得挺高，说的又都是酒话，没理我们就走开了。可我这老兄酒劲儿上来了，开始乱走。我怕他摔倒，急起去追。谁想他就像脑袋后边长了眼睛一样，一看我追他，他就围着警察们围坐的圈子和我绕着跑，好像捉迷藏似的，在人堆里穿插绕圈。别看我平时练武，可我还真追不上他。跑了几圈他跑不动了，摇晃着坐在地上。我扶他起来，在长廊的椅子上坐下。小风一吹，醒了。

于是又立刻豪气干云，再要啤酒，接着喝。可没两瓶呢，酒劲儿又上来了，又不行了。于是我扶他离开劳动人民文化宫，往天安门西边走，准备打车送他回去。这时下午三四点钟吧，行人没有什么异常，但所有马路上，金水桥旁的人，统统给我们让开一条道。我从人们的眼睛里可以看出，虽然他们没有什么与日常不同的行为，但今天此刻，人们来到此地，很想看见有人有点什么反应。我一边扶着孟哥，从人们让出的夹道中往西走，一边说，哥儿们醒醒，这摄像头肯定录着咱俩呢，得注意点形象。老孟说，那怕什么，什么形象，我怕他录？我说"好好，不怕不怕"，继续扶着他走。等走到中山公园门口，他酒劲儿又过去了，于是进园，在入园后西边的一个小食亭旁坐下，继续吹啤酒瓶。大约在这里又吹了三四瓶吧，有趣的是，这回怎么喝也没事儿了，很平静地聊了聊，聊到天色渐晚时，才各自分手回家。

由于广场当时在修建，没去成，只是在劳动人民文化宫和中山公园里喝了两顿酒。而每到节日都得满地蹲坐待命的年轻警察们，也真辛苦，每到日子口就得干这个活儿。而我们酒协的坏名声也是在那时开始传播的。

东北人有豪情，也有小性。酒中人壮志凌云，也有衷情，也容易受伤。小十年前我还陪孟爷喝了把通宵酒，那是他准备调离社科院去沈阳师范大学之前。在我家门口，喝了一夜。中间把酒言事，触及心中痛处，也是泪水与酒水相合流。多年来，很少见老孟有如此动情处。他回忆了在文学所这几年接触的这些朋友，经历的事件，所做的学术工作与发表的文章，生活中的变迁，还有我们的酒事酒史，浩叹中惆怅之情溢于言表。

我和老孟这么多年的酒事儿，我是酒后爱唱几句，吟吟诗，甚至舞舞拳之类。这些他都不喜欢。他酒后的社会主义"老三样"我也非常熟络，也早就审美疲劳了。不过有一回酒后，让我吃了一惊。一方面酒喝得相当透，一方面始终保持着清醒。而且，他有少见的反省！那家店叫"桨声灯影"，我们坐在靠窗的座位，看见夜色，只听他悠悠地说："今年要自选一篇文章，说实话，这几年虽发了这么些篇文章，可我自己连一篇都没选出来，都不值得进选集。"这话，真让我刮目。孟爷难得如此之深刻，真诚，具有自我反思和自我批判的精神。冲他这话，我把酒干了。酒让我们出了不少洋相，闹了不少笑话，可也让我们短兵相接，真实相见。读了一辈子书，做了一辈子学者，写了无数殃及梨枣的文章，发了无数耸人听闻的谠论，要是我们没有这点儿真诚，没有这点儿反省，没有这点儿担待，没有真正的追求，就真白忙活了。

赵园老师每次见他，总要叮嘱一句：老孟，写得少一点儿，写慢一点儿。借这个话头，我也说一句：孟爷，酒要常饮，但要慢一点，再慢一点。当年留所时，何西来先生讲过一句话，意思是你们小年轻个个怀抱学术大目标，都想着如何如何大干一场，野心勃勃。但是请记住有一句老话：游得最快的，不一定是游得最远的。的语，的语。孟爷，我们继续喝，喝好，喝透，但慢一点，再慢一点，庶几能喝得长久！喝得快乐！

夏天闷热未雨时于海淀百家廊

徐文海 1957 年生，内蒙古奈曼旗人。中央民族大学教授，中国新文学学会副会长，著有《李白诗酒人生》等。

老孟那些酒事儿

说正事之前，我要破一破题：

首先说说"老孟"这个称呼。这个称谓不是现在才有的，多少年前，至少是在 20 世纪 90 年代，孟繁华就被称为"老孟"，而且，比他小的称他"老孟"，比他大的也叫他"老孟"，甚至连谢冕先生、洪子诚先生也经常直呼他为"老孟"，听着又亲切又好玩。也正因如此，"老孟"这个称谓就得到权威认证而被定了下来。我想，他之所以获得这样的称谓，与他在师友圈的人脉关系有关，也说明了他在人们心目中的亲切地位。

再说他的"酒事儿"。作为一个在内蒙古和东北闯荡了多少年的人，我对老孟那些酒事儿倒没有什么非常特殊的感觉。

因为我听过、见过太多的酒事儿，有说不尽的酒的故事——有的大夫喝完酒后给人开刀，把肚子打开了酒劲儿上来，倚在患者身上睡着了——那才叫"酒事儿"！老孟的那些酒事儿为什么在我们这里值得一说，主要是因为他活动在京城，经常在高级知识分子圈里打转转，有一个地缘和人缘的基础。

现在我们进入正题。

说老孟那些酒事儿，必须得说北京大学。我是 1994 年到北京大学做访问学者，与杨鼎川、沈奇一起投入谢冕先生门下，别人访学都是一年，我却两年。而且，以后似乎离不开北京大学，经常出入，与谢门的诸位也就有了不解之缘。

说老孟的酒事儿，我想集中在这个时间段，其他的略去不表。

我与老孟交厚，中间还有一个重要人物，就是大师兄杨鼎川——杨鼎川与老孟以前是电大系统的老师，一个在中央电大，一个在四川电大，燕园遇故知，自然非常亲切，我与这个小兄弟也顺着这个茬口从相识再到相知。

我们三个喝酒时候比较多。他们两个一个豪侠，一个雅静，我豪不起来，雅不上去，只能夹在当中多给两位老兄倒酒。

杨鼎川说话有根有叶，办事有板有眼，喝酒也有滋有味。他生活在产好酒的四川，祖籍又是江苏扬州治下的高邮，与著名作家汪曾祺是同乡而且是亲戚，喝酒也颇有汪曾祺的雅趣。杨鼎川的特点是过度谦虚，总认为自己不行，但每次喝完酒都很行，从来没见他有任何的不行。

老孟出生在东北边陲，又曾上山下乡，与工农大众同喝共吐过，经常喝得极其畅快。因为确实很行，也确实自认为很行，所以从来不说自己喝酒不行，大多数时候喝得确实很行，但偶尔也有不怎么行的时候，喝高了回家自然不怎么严肃，事后招来吴丽艳严肃的谈话。

　　在燕园的酒坛上，不止我们三个的时候也有不少。通常博士们有什么活动，老孟都把我和杨鼎川带上，时间一长，我们也不把自己当外人了。当时燕园每天都有活动，我们这些人都有北大情结，非常珍视北大平台，每天紧张、忙碌地听各种各样的讲座，拜访各种各样的名人，尤其是"批评家周末"更是我们的节日！节日多，自然酒也多，有酒便有老孟。

　　我说这个千万不要误解，似乎北京大学的人就是每天喝酒、吃饭。不是的，北京大学的酒是一种氛围，是一种精神，是一种境界！这里不是借酒撒疯，不是借酒使气，而是酒桌上谈学术、谈艺术、谈历史、谈人生，纵意而谈，因酒打通了血脉，谈得更加畅快、更加旷达。当然，酒桌上偶尔也有争吵，这和酒有关系也没有太大的关系——要知道"批评家周末"哪一次不是争得面红耳赤！

　　在这一次次的酒场，老孟自然常常是主角。一个是因为他经常是组织者，乐于慷慨解囊；一个是因为他是酒桌的主导者，经常斗志昂扬，意气风发，有他参加的酒坛通常是潇洒的酒坛。

　　尤其是每到节假日，师母陈素琰先生通常把学生们请到家里吃饭，老孟从来被任命为"桌长"，要不断地"带头"。当然，他从来不辱使命，这个"头儿"果然"带"得非常之好，在他的挥洒自如之中，把紧张、拘谨等等都冲淡了。

我们这几个"访问学者"也许在别人的眼里不算什么，在别的届的"访问学者"那里也许也不算什么，但在谢门我们这一届的几个却真算个什么！

我们都是激情燃烧的岁数，正值激情燃烧的岁月，每日激情澎湃地出入北京大学，满脑子都是伟大梦想与宏伟蓝图。我至今还保留着洪子诚老师给我写的陆游的几句诗："山平水远苍茫外，地辟天开指顾中。俊鹘横飞遥掠岸，大鱼腾出欲凌空。"那个时候，我们与那么多的老师及文化名家喝过酒，几乎每次都有老孟在座，每次都其乐融融。也与老孟有关系，我得以经常出入朗润园拜见季羡林先生。季羡林先生通常是抱着一只猫与我们交谈，偶尔再与猫说几句外语，那种人生高度是可遇而不可求的。

也与我及鼎川、沈奇有关系，老孟与北京大学我们这届的几乎所有的访问学者都很熟悉，经常与大家一起活动，给大家留下非常好的印象。在我们94级访学结束的那个夏天的某一天晚上，我们这些来自全国各地的、各个不同专业的男女老少的访问学者感念着此一去千里烟波，饱含浓浓的感情聚会于北京大学东门的小木屋（我们经常出入的几个小饭店现在都没了，令人感叹），对酒当歌，畅叙友情。那一个夜晚，不知道怎么挥发到那样的程度，所有人都去掉了矜持，丢掉了羞赧，放开了喝酒：酒逢知己千杯少，或者酒入愁肠化作相思泪；放开了歌舞——各个地区的歌，各个民族的舞——真正的舞低杨柳楼心月，歌尽桃花扇底风。那才叫淋漓尽致、率意忘情！被我们感染，其他桌也激情参与，过路的驻足观看，以至于做饭的、炒菜的、端盘子的都来了，陪着我们一起畅快，已经凌晨了仍不忍散去。最后，实在是饭店老板要关门，我们不得不离开。老孟酒兴正酣，意犹未尽，就是不想回去，大家拦住出租车，费了九牛二虎的力气才把他装进出租车里，这让我们想起了李白的"天子呼来不上船，自称臣是酒中仙"。神奇的是，他喝了那么多酒，竟然还能找到家；更神奇的是，他到了家却不上炕睡觉，而是坐在地上唱了大半宿（据吴丽艳事后说）。

这样精彩的酒事儿不久，我与老孟又遇上了不怎么精彩甚至是很不光彩的酒场。

那是1995年的一个夏天，因为夫人吴丽艳在外地工作，老孟只能在家里照顾女儿，"又当爹又当娘"。当时我们要想与老孟热闹，只能到陶然亭附近的中央电视大学的家属房找他。

那天我到他家拜谒，正好老孟的一个朋友从外地来找他出去吃饭，他急匆匆地给孩子准备好了吃喝，领我直奔饭局。当时，正值夏日炎炎似火烧，我们都穿了大裤衩子，汗流浃背地进屋、入座。缓过神儿来，我们才发现这是一家非常高档豪华的饭店，客人们个个都是西服革履，正襟危坐，恭恭敬敬地等着我们这两个"高级知识分子",见我们如此不修边幅,肯定以为我们是"无形"文人——其实我们都很有"形",只不过太忙没有时间讲究!结果,这场酒啊,我们再也潇洒不起来了,蔫头巴脑地随便吃点、喝点,匆匆地逃出强冷空调下的星级饭店。

以后,这样的尴尬没有重复,却又有了非常揪心的一幕。

那是1996年的夏天了,与我同期的访问学者早已打道回府了,又一期的访问学者还没有融入到那个程度,所以就有了我与老孟单独接触的许多空间。恰逢博士毕业,老孟取得了梦寐以求的毕业证与学位证,却怎么也高兴不起来——他太热爱北京大学了,而且他曾经被告知留在北大,不知什么原因最终还是没有留下。我们在未名湖前面的一个小饭店吃过、喝过,来到未名湖边,正逢小雨霏霏,愈加感受到了寂静与清冷。我们两个什么话都没有,只是默默饮泣,正所谓:流泪眼观流泪眼,断肠人送断肠人。这也应算老孟在北京大学酒坛的收官之作。激情四射的老孟竟然是以这样的黯然神伤告别这个舞台的。

人世匆匆,离开北大已经二十多年了!

人生聚少离多,诸多老友,有的毕业后就不曾相见,哪怕同居一个北京;有的曾经经常相见,玩得极其开心,不知什么机缘突然在人们的视野里消失了,从此音讯皆无。但这些人、那些事儿我们会永远记住——实际上,记住老孟也就是记住那段历史,人生有那段历史当然是至高境界。

也因为老孟,历史不断延长。这些年,谢门经常相见,聚会多有老孟。有老孟，举桌皆欢。据说有时候，酒后的老孟回家还似在酒局上。但最近见过吴丽艳，依然清雅润泽，说明老孟的酒事儿给家人的不都是负能量！

此造物者之無盡藏也　子愷

荆永鸣 1958 年生，内蒙古赤峰市人。在煤矿工作二十余年，主要从事小说创作，著有小说《北京时间》《外地人》等。

朋友与酒友

是朋友的不一定是酒友。其中的原因很简单：有人天生不擅酒，不喝正好，喝点便多；有人一杯下去，据说从上到下没有不红的地方——其实，红倒不可怕，可怕的是那些酒精过敏的人，沾点酒便全身起疙瘩，甚至呼吸都困难……这样的朋友，哪能勉为其难？不喝就不喝。你总不能跟一个喝不了酒的人生酒气，更不能用酒把一个很好的朋友往死里整。如此一来，这样的朋友对于各种各样的酒场，或自觉无趣而婉言谢绝，或担心扫了他人之兴而悄然溜之，都实属自然。

是酒友的也未必都擅饮。虽不能喝，但能跟随饮者一起兴奋、一起快乐的人，仍可视其为酒友。譬如：有人喝酒不行，但能歌唱，一嗓子亮出来，或京剧，或民歌，或激昂高亢，或深情委婉，其煽动力之强，能把"对酒当歌，人生几何"的情绪调动起来，也很可贵。还有的人虽不擅饮，也不擅唱，但他喜欢那种饮酒的热闹与氛围，还喜欢买单，甚至是抢着买，这多好！有了这样的酒友，既省心又省钱，何乐而不为？

其实，能喝者倒也不一定是酒友，还得看酒品。曾见过一帮小青年叫着号地拼酒：四两二锅头，满满一大杯，有"先干为敬"者，把杯子啪地一墩：我干了，谁不干谁是王八蛋操的！哪有这么喝酒的？我讨厌这样的风格。此外，能喝而不喝，总想让别人多喝，或扭扭捏捏，或偷奸耍滑，乃至于动用各种技巧，以把对方喝醉为目的的人，都不是我所喜欢的那种酒友。

我之饮酒，首先讲究一个"情"字。要以情互动，以酒助兴，在一种亲切友好的氛围中，达到互相愉悦的目的。遗憾的是，如此性情相通的酒友却不是很多，甚至说是可遇而不可求。历数三十多年所经历的大小酒场，我有幸与之碰过杯的人，大概一万人次至多不少吧？屈指算来，真正能称得上朋友加酒友的，也不过三二十人。

孟老算一位。

孟老者，孟繁华是也。论年龄，他是我兄长，凭学识，我应该称他老师。而他偏偏不喜欢那个"师"字，总让我等叫他"孟老"。想了想，他年方五旬而绝非有"倚老卖老"之嫌疑，于是"孟老"就"孟老"。我们叫得亲切而又不失敬重，他自己大约也觉得这样的称呼不俗，甚至有点好玩，而格外受用。

孟老属于标准的东北男人：高个头，身体倍儿棒，相貌端庄，更重要的是有才。据有关资料介绍，青年时代，他发轫于长白山一个县林场，之后便一路高歌。目前主要从事现当代文学和前沿文化与文学研究，其文风豁达，著作颇丰。有关孟老的学术造诣与成就，自有做学问的专家、学者去解读。在这里，我只遵命于绍俊兄的旨意，说说孟老喝酒的事儿。

　　我坚定地认为，喝酒是人与人之间情感交流与沟通的最好方式。孟老是知音。其酒也喝得好，其心也相通。于是，我们几乎是每逢必喝，每喝必痛快。我说过一句话：跟着孟老走，到哪儿都喝酒。且不说在北京，在辽宁，在内蒙古，在山东，在陕西等许多我们一同去过的地方，我们都曾喝出过非常美好的回忆，即便是在喝酒条件不佳的非洲，吃着咸菜喝啤酒，我们仍然喝得尽情尽兴。当然，不爽的时候也有。话说那次我们在天津开会，住在五大道。想不到那么有名气的地方晚上却异常寂静，没餐馆，没酒吧。让人生气的是，想打个出租车都没有！那天晚上，我和孟老在大街上转来转去，边走边念叨：哪怕有个能买到酒的小卖店也行啊！可愣是没有。直到现在我们说起这事儿，孟老依然闷闷不乐。

　　孟老是个快乐的人。除了谈文学时一脸严肃与端庄，孟老平时总是嘻嘻哈哈，不玩大腕儿，不端架子。尤其往酒桌前一坐，更是谈笑风生，妙语连珠。酒桌上，只要有孟老在，就会有不一样的气场：快乐，好玩。"我们边喝边谈吧。"他常用这句戏言作为开场白——在大家的欢笑声中，不管桌上有没有菜，便率先举杯。

孟老能喝酒，尤其擅长啤酒，且风格之豪放无人能比。我曾仔细观察过孟老喝酒时的举动：四两的酒杯，一仰脖便干了精光，好像没经过喉咙而是直接倒进了肚里。据孟老自己透露，他喝啤酒的最高纪录是一箱，二十四瓶！而且无需去厕所。那么多的啤酒都喝到哪去了呢？真是费解。

孟老能喝，但他不以量大而拼酒，更不找软柿子捏。其风格是率先垂范，以情感人。让你自己觉得不喝不行，不喝不够意思，不喝就不是个君子，是小人！因此，我从没听说谁被孟老灌醉过，倒是"和孟老喝酒干多了"这样的话时有耳闻。我听说，有次在杭州，一帮男女作家和孟老喝酒，兴之所至，喝得鸡飞狗跳（据说吴玄还上了树）。我还听说……算了，这样的趣话儿江湖上流传很多，在此且不一一列举。

说个我亲眼所见的事儿。孟老自己也有喝多的时候。有一次煤矿作协在平庄搞活动，孟老是座上宾。平庄的朋友太热情。中午不算，晚上连喝两场，一帮作者仍然热情不减，竟把孟老簇拥到一家茶馆里——不是喝茶，而是轮番敬酒。孟老本是性情中人，向来讲究真诚，岂有不吃敬酒之礼？于是推杯换盏，渐入佳境，不料却喝大了。喝大就喝大了。常围酒桌转，谁没喝大过？其实，喝大也是一种境界。有人哭，有人笑，有人"出门一倒歪之乎"，这样的醉者我见得多了，都非常可爱。问题是，孟老的表达方式略有不同，他跑！这就更可爱了。

一般说来，喝醉酒的人大都是两眼迷离，四肢发软，一副"侍儿扶起娇无力"的样子。更有甚者不扶就摔跟头，摔倒就不起来。孟老则不然。他是那种与众不同的倔强：如松而立，目光炯炯，一亮一亮地闪烁出一种无穷的力量，肢体邦硬，抓都抓不住。记得在那个著名的晚上，我们把孟老围在马路上，三五个人一齐上手，才勉强控制住局面。又费了九牛二虎之力，几经周折，最终拖拖拉拉地回到了宾馆。据有经验者说，幸亏人多，不然让他跑了追都追不上。当时我很不服气。后来，有一次在北四环，我们几个人凌晨一点出去找酒馆，为了抓紧时间，一路小跑。孟老居然遥遥领先，我曾努力地尝试过，根本追不上！至此才知道，孟老每天坚持五千米长跑。难怪他身体棒，能喝酒——即使喝醉了都想跑！当然，这样的情况却不是很多，作为多年的酒友，我也只有幸见过那么一次。

有人戏言称，孟老是酒桌上的"宏大叙事者"。其实并不尽然。据我所知，凭借多年的酒场经验，孟老知道什么样的场合该喝，什么样的场合点到为止；什么样的酒难以下咽，什么样的酒千杯不醉。孟老讲，他自己在家里就从不喝酒。是的，酒是好东西，却不宜独享。"花间一壶酒，独酌无相亲"，一个人闷闷的，"便纵有千种风情，更与何人说？"孟老是文人，他不是为了喝酒而写诗，更不是为了喝酒而喝酒。以我之见，他完全是为了朋友间情与酒的交融与快乐。我也是。

多年前，曾写过一篇小文章，谈到一些酒桌上的体会，现摘录如下，愿与孟老及我所有的酒友共勉——

　　我之饮酒，最喜三五好友，找一爿干净的小酒店、清静的小酒店，临窗而坐，如坐春风。菜不必多，酒无须好。让小小的酒杯斟满其乐融融，斟满古今中外也斟满唐诗宋词。浓酒一杯杯喝下去，妙语一串串蹦出来——撞响四壁，便高雅了整个酒店；弹回来，又高雅了我们自己。其喜气洋洋者，此乐何极！

　　若夫窗外雪花飘飘，或细雨霏霏，把盏举杯，则更有情调。雨雪掩去了尘世的喧嚣与驳杂，浓酒给我们的想象以神助，慢慢地喝，静静地想。有时我们会想起一些久远的人和事，甚至于酒意朦胧中想到人之所生，生之所死，生生死死的这个世界上生活着怎么样的我们。或抒人生之感叹，或发思古之幽情。哪怕沦为忧伤——忧伤也美丽。末了，我们肯定会在这小小的酒杯之外，重新升起我们生命的秩序。

　　饮酒之乐，不在多少，而在于尽情尽兴。兴之所至，又何惧开怀畅饮。多少回，我们也曾以酒当水，以碗当杯——

　　·我们干杯。

　　为生命干杯！

　　我们襟怀坦荡，超然名利与荣辱，任酒精燃烧起我们灵魂的热度，情动于衷而行于言；言之不足，嗟叹之；嗟叹之不足，咏歌之；咏歌之不足，我们手之舞之足之蹈之也。

人生难得几回醉！

醉于酒。

醉于芬芳如兰的生命。

得了，写到这里，又有了与孟老喝一场的欲念。短信过去，却遗憾他去了沈阳。不过，我们已经约好，他一回京，便喝将起来。我不是那种嗜酒如命的酒徒，而是想到与孟老喝酒是那么快乐，那么好玩，我就会满怀喜悦地期待这样的日子。

人散後一鉤新月天如水

夏敏 1958年生，辽宁海城人。现为沈阳师范大学副校长，教授。在学校体育馆长年与孟繁华切磋乒乓球艺，互不服输。

我与"孟爷"酒趣的情愫

"孟爷"，中国文坛翘楚。凡是有过文学经历或文学评论雅趣的人大概无不认识"孟繁华"。

当然，有的认识孟繁华的名字，有的认识孟繁华的著述，有的认识孟繁华其人。我对孟繁华的认识大概与不少学术界同仁相同，经历了从大名、著述再至其人的整个过程。所不同的是，"这些"认识的"历史性"转变，大概都与"酒"有着不解之缘。

时光荏苒，再有半个月就是壬辰年（2012年）的中秋了！这是中国北方最好的季节，沈北大地迎来一个金秋宁静的时节。大自然的色彩一切都变得浓郁了，酒的醇香更加撩拨人的心绪。这不由让我记起与"孟爷"初识的日子！"酒"，记录了我俩曾经美丽的心情、莫逆的交往和事业的友谊。

2004 年中秋之际，我和刚到沈阳师范大学的孟繁华举杯邀月；从吴刚、嫦娥到李白、杜甫，无不成为我们酌酒的"佳肴"。喝酒说点"酒"话，但没有醉话。先秦、两汉、隋唐、明清以及近代，特别是现当代文学演进尽收眼底，文学评论与主张不同凡响……一会儿便进入了状态。这位孟大师说："我喝过酿制 50 年的茅台，酒香甘甜纯正，曾经一醉方休。"我便凭借我的饮酒经历，不假思索地回敬孟大师："中国茅台酒酿制时间最长不过 30 年，根本就没有什么 50 年的茅台，所谓 50 年茅台之说纯粹是伪命题。"这时，正好相反的"学术"观点便合乎逻辑地摆在了酒桌，你反驳，我举证，往来 N 多回合，不分胜负！是学者的真？酒者的醉？

结果国家酒鉴定协会权威人士作出了裁判，"孟爷"胜了！这时，我忽然想起"葡萄美酒夜光杯，欲饮琵琶马上催。醉卧沙场君莫笑，古来征战几人回"这首诗。因为有一个陶醉的心情，美酒在这里是一种燃烧，是一种怡情，是一种装点，胜败已经变得不再重要了。中秋的夜，天空有朗月，地下有茅台，好一幅动静组成的美丽画面！少了美酒中美丽的寄托，而常常是借酒发奋，少了天空上仰望的明月，而只是匆匆行走。能不能以这次美酒佳节明月，唤起我们心中的一段诗情？当年的明月现在还能照着我们吗？李白曾经端着酒在月下发问："今人不见古时月，今月曾经照古人。"

"孟爷"是大学者、文学评论家，也是乒乓球高手。又是一年秋好处，2005年中秋时节，我俩吃过酒，便来到校内乒乓球馆，两盘过后，不分胜负。第三盘时清晰可见一个擦边球，他输了！可是，"酒壮英雄胆"啊，"孟爷"与我争执不下，辩论到面红耳赤，甚至出现动武之势！以至于旁边的队友过来"劝架"。这学术的求真，抑或醉者的放纵！却原来，这次是他输了！

中国是讲究儒道兼济的。一个人身有了，如果你的心可以磅礴万物，你可以做到天地与我共生，万物与我合一；一个人的心胸辽阔了，你是会长出翅膀的。喝酒是怎么样的一件事呢？高品位的人把自己喝成酒仙，"孟爷"常常如此。

酒，大概可以使天人合一。中国人讲：慕春风，思飞扬，临秋云，思浩荡。当春风沐浴你的时候，你会觉得大气上雾气徐徐上升；这个时候秋天来了，一个人的思绪浩荡，这就是春花秋月之于我们生命力的成长。如果我们把所有的时间都用于建立眼前的功业与价值，而失去了这样一段审美、一段心情，这难道不是生命的遗憾吗？我和"孟爷"在酒中剥去伪装，肝胆相照，以至于这位全国著名文学评论家被我以酒表达的真诚所"俘虏"，径直走入沈阳师范大学行列！

酒是可以消忧的，酒是可以酣畅淋漓的。酒可以醉人，酒也可以提神。作为学校人事处处长，我用真诚引进名人；作为学校分管人事的副校长，我用真心呵护名人。"孟爷"这位大师级的人物能在沈阳师范大学安家落户，恐怕与我那情何以堪的茅台酒不无关系吧！

在我们的一生中，固然需要"高举远蹈的心态，慎思明辨的理性，体味真切的情感，执著专注的意志，洒脱通达的境界"，但酒大概还是不可或缺的，因为酒有时能够给我们以生命的旷达与潇洒。天地有大美而不言，四时有明法而不议，万物有成理而不说。在社会生活中，我们不管扮演什么角色，只要坦然而充满诚意，就能换来天籁和鸣。

櫻桃豌豆分兒女草草春風又一年

子愷畫

陈福民 1958 年生，河北人。毕业于华东师大中文系，获博士学位，中国社会科学院文学研究所当代文学研究室副主任，中国当代文学研究会秘书长。主要从事当代文学批评。著有《消费时代的文学观》等。

文坛及时雨，酒界快活林

——孟繁华行传

　　孟繁华者，山东邹县（现称为邹城）人士也。其导师谢冕及洪子诚先生等诸公大佬均呼之为"老孟"，而同侪辈则统统称之为"孟兄"。后学及执弟子礼者，或称为"孟师"或尊为"孟老"，他基本不以为意，只问性情、做人与喝酒如何。话说此人在学术批评界，以豪迈善饮著称；在酒界，则以著述颇丰名世，屡屡有惊人之作。这绝对不是那种我们看惯了的"见了厨师说打拳见了拳师说烹饪"的庸俗作伪套路，而是因为饮酒和看书写字这两项，在孟兄那里均是硬碰硬、实打实的真功夫，并且本着"杀敌一千自损八百"的原则，一向"有喝无类"。依靠着这两个成名绝技，孟兄独步天下、笑傲武林，连喝带写，边喝边写，写中亦喝，喝中亦写，写即是喝，喝即是写，非喝非写，益喝益写，喝写不分……已然化境矣。诸种行状，真乃"文坛及时雨，酒界快活林"方可形容。有分教：

　　　　行走江湖数十年，罕逢敌手；
　　　　纵横文史五千载，每叩良师。

　　虽说这两件事在孟兄那里已经是喝写不分的悠然化境，但咱们俗人境界不够，还是得花开两朵，各表一枝。先说所谓"文坛"，孟兄在文坛，是个如雷贯耳、先声夺人的大人物。神州各地，有青年作家特别是青年女作家铁粉拥趸无数。这一点与孟兄并无直接干系，个中实在是有不得不然的原因——当下文学的状况，从诺贝尔文学奖到各种奖，从作家数量到印刷出版宣传阵势，表面看起来花团锦簇烈火烹油，其实内囊已经快要尽了。于这一危局中勉力坚韧支撑的，女作者和读者居功至伟。坊间曾有戏言：如果说"只有社会主义能够救中国"，那么，是不是也只有文艺女青年能够救文学呢？君不见，文学女博士在各大院校中所占博士生比例居高不下、有增无减，由是观之即可略知一二。至少，在非枯燥工作的层面上，文学写作与阅读，越来越成为女性而非《红楼梦》所贬斥的"臭男人"的事业，这是现代世界一个不争的文化事实。

孟兄赢得广大写作者包括青年女作者的由衷爱戴，就包含着对上述情况的敏锐明察。他是第一个明确自觉地将大众文化甚嚣尘上进而导致文学写作发生裂变之图景呈现出来的中国文学批评家。孟兄所作的《众神狂欢》一书，在 2009 年被国家新闻出版署评为"经典中国国际出版工程"、"中国学术名著系列"首批项目之一种，是首批入选的唯一一部文化研究著作。这里，请允许我占用篇幅陈示一下此书目录：

　　从目录所示可知，孟兄的思考与观察是非常丰富、敏感和及时的，对于现象话题的捕捉，与文化发展的时代进程几乎是同步的。须知目录中的那些关键词基本是形成于二十年前，然而二十年后，它们仍然是当下文化表述与分析的统治性词汇。客观地说，这部书采取的是一种平行性的讨论方法，话题之间并无严密的逻辑关联，也未给出什么深邃的理论结论，而且就"文化研究"作为一种严肃学术方法而言，《众神狂欢》中感受性讨论及一般性材料分析较多，尚缺乏伯明翰学派那种近乎"田野调查"式的扎实功课。但我想说的是，孟兄的这部书敏锐，新鲜，充满批评的活力与历史性的视野。不仅在上世纪九十年代中期，即便是放在今天，依然具有筚路蓝缕但开风气的极端

小桌呼朋三面坐 留將一面與梅花 子愷畫

重要性。它表明了当代文学批评在一个大时代转型过程中可以发挥的影响与可以达到的高度，同时也启示了当代批评在理论层面不落窠臼的各种可能性。这也足以说明，此书一再获得修订再版的机会，不仅有作者个人的努力，更是社会文化选择的结果。在一个特定的角度说，孟兄以《众神狂欢》为当代批评及中国文学批评家赢得了荣耀。

从这里出发，就能够理解孟兄何以在近二十年的文学批评之路上不断生发出具有启发性和影响力的思考与话题。从无产者写作、底层文学批评、文化领导权问题、新话语空间拓展……直至"50后的终结"，他站在时代前沿不揣浅陋不惧风险，提出自己的发现与理论思考的结果，保持并承担了一个真正的批评家的本色与职责。他的那些文章，及物而接地气，在深刻性与不稳定性之间经受着时代检验，也激励和启发了无数的同侪后学。所谓"文坛及时雨"，也正是在这两个层面定义的：急公好义、呼朋引类的文坛领袖者，在他的身边团结起神州各地文学写作者，地不分南北，人不分男女；他依托于历史理性的敏感，总能让他对这个时代的文学领域最富活力与挑战性的层面有所发现有所贡献。

行文至此，读者诸君可能已经不耐烦了：扯这些文学的臭氧层干吗？我读书少你可别骗我，说好的老孟那些酒事儿呢？还能不能一起愉快地玩耍了？好吧，一、二、三，开始！

1996 年，我入社科院文学所当代室工作，孟兄先我一年在理论室供职。其时我两眼一抹黑，京城拜码头第一站便是孟兄。此前我已有耳闻，说是目下京城还能因为文学请人吃饭的，孟兄是极少数几个之一，心想可以找他蹭顿饭吃。于是放胆去理论室上门自我介绍，果然寒暄几句之后孟兄说，走，我请你吃饭去。那顿饭在社科院边上一个小饭馆，孟兄果断要了啤酒！当听我说不会喝酒时，他应该是完全不相信的。因为按照他的世界观，酒还有什么会喝不会喝的，直接往嘴里倒就是了。也许是因为初次见面不好勉强的缘故吧，他略表遗憾之后便愉快地自饮起来。那时我还不知道，这就是一个滴酒不沾的人与一个饮中豪者二十年厮混史的开端。我知道这是一个好的开端，但我猜到了开头，却没有猜到结尾。

　　随后，有关他善饮豪饮或喝酒肇事的各种版本不同的故事开始在我耳边传播。我就此知道了，他曾因喝大无法对司机描述自己家的位置，不得不求助于导师谢冕先生。我还知道了，就在不久前的一次惊心动魄的喝酒大战中与人骤起冲突。群殴以社科院一干牙尖齿利之才子的惨败告终，这些可怜的人不出半分钟便被社会闲散人员闪电般撂倒。抱头鼠窜者有之，躺地昏死者有之，回单位叫人者有之，溜出去报警者有之，唯独孟兄，被一新鲜出炉的铁板烧直接糊在脖子上，犹自山呼海啸孤身奋战坚守阵地，印证了"三军可夺帅，匹夫不可夺志也"的古训。

　　我第一次见识到孟兄喝酒的能量，是在一次周二返所日，具体缘由已经不记得。但这话孟兄肯定不会同意。因为对他来说，缘由一词完全属于歪理邪说的范围：喝酒还需要什么缘由吗？喝酒本身就是缘由啊！每次喝酒，古代室的蒋寅、理论室的靳大成都是绝对主力，这一回又是这一群人好像还有外地朋友，反正就是十几个乌合之众，中午十一点钟还不到，孟兄跑到当代室不进门，只吆喝一声：福民，走着！于是乌合之众们群情饱满欢天喜地去了长安大戏院里的川渝信菜。中间的过程我就省略了吧，那天到底喝了多少我也没能力计算，我能知道的，就是包间的桌子下和角落里堆满了各种空酒瓶，结账时酒水钱超过了饭菜钱。但这还不是结束，下午三点，酒桌上的人陆陆续续散去，最后只剩下孟兄与我这一对奇葩组合，一个豪饮者与一个完全不喝酒的人。此时的孟兄，兴致正浓，百般不肯回家。我心中叫苦不迭又无计可施，在服务员厌恶的眼光中离开渝信，又去了社科院东侧路边一个小店继续看他喝啤酒。各位，实在是谈不上陪，真的就是看啊。这丝毫不影响孟兄的情绪，他逸兴遄飞，妙语连珠，从文学到人性，从白酒到啤酒，上下五千年，纵横八万里。当然，谈论的要点是他不断地对我鼓吹喝酒的各种好处，名言之一就是"这个世界上没有任何饮料比啤酒好喝"，并顽固地劝我喝一杯。送他回家已经是晚间十点左右了，从上午到晚上这十二个小时，孟兄一个人喝了多少我完全不能了解，但我听他的"妙语高论"听了十二个小时整。此时的孟兄，彻底进入天人合一的境界了，在小区门口不肯进门，反复提议——

其实是央求我再跟他"坐一会儿"，并且保证不多喝，只喝两瓶啤酒。当我不得不同意继续坐一会儿后，他简直是高兴极了，拉着我拐进路边小店，添酒回灯重开宴。服务员睡眼惺忪根本不爱搭理我们，孟兄则熟视无睹继续能量饱满，豪饮纵论，一时间不辨晨昏。

这样的经历，不止我一个人有，其他人也有，并且都不止一两次。

孟兄真正了解我确实不会喝酒，是在一次"灾难性"事故之后了。大约是上个世纪末吧，孟兄、我及李洁非三个人在中国作协开会。快散会时徐坤打来电话（其时徐坤与我跟洁非为当代室同事，后调入北京作协做专业作家，现为《人民文学》副主编），听说我们正在开会，便说会有什么好开的？快出来喝酒！于是兴冲冲跑到徐坤订好的东来顺，也许是因为气氛太过热烈的缘故，"四人帮"聚会高兴过头，又禁不住劝，我似乎是破例跟着喝了一两盅二锅头，然后就一头栽在地上人事不知了。据孟兄后来说，"都翻白眼儿了！"孟兄几个一通忙乱，直至要打120，我又慢慢缓过来了。从那以后，孟兄成了我的保护神，凡有饭局酒场，一律帮我挡驾："他真的不能喝。"这也是我能以一个滴酒不沾者的身份厮混酒场十几年屹立不倒的原因之一。

被孟兄保护过的人，也不止我一个。在一次南京会议上，朋友们自然免不了张罗酒局。席间各色人等不完全相熟，一位

W 君刚从外地调入南京不久，喝酒有些为难有些推托。另一位南京土著，做古典很著名的 Z 君便有些不满，询问 W 君什么专业。当听说 W 君是当代文学专业时，立刻漫言相讥："难怪，酒都喝不好你做什么当代。"其实孟兄与 Z 君完全不熟，与 W 君也仅是专业相投的文字交情，并无深密过从。但闻听 Z 君此言，不禁勃然振奋怒从心头起，马上站起来举杯说："别！我跟你喝，不见不散！"结局是 W 君得到解脱，孟兄与 Z 君则是一鼓作气两败俱伤，事后友情剧增。类似这类仗义发飙赢得友谊的事情，在孟兄那里，很平常吧。

与孟兄一起饮酒或者看他饮酒，是我人生最快乐的事情之一。二十年来，一个滴酒不沾的人能与一个饮中豪者厮混下来并从中获益，足证这世界上没有什么不可能的事情。我很庆幸一生中能有此酒友。一个滴酒不沾的人说酒友，肯定会让人感到非常滑稽可笑，但在我这里，是由衷地快活。与其说孟兄特别善饮，不如说他特别热爱饮酒这件事。这让我心生感动并领悟了很多东西。南宋刘克庄有《一剪梅》曰："束缊宵行十里强，挑得诗囊，抛了衣囊。天寒路滑马蹄僵，元是王郎，来送刘郎。酒酣耳热说文章，惊倒邻墙，推倒胡床。旁观拍手笑疏狂，疏又何妨，狂又何妨！"元代贯云石又有《清江引》曰："弃微名去来心快哉，一笑白云外。知音三五人，痛饮何妨碍？醉袍袖舞嫌天地窄。"孟兄的情况自然不能与古人相提并论，一个现代的文学批评家，也不太会去复制古典文人的情趣。但纵酒论文，高谈挥霍，在一些不及物的事情上倾情投入，像个孩子一样获得纯粹快乐，便不枉一世为人，尤不辜负一个当代批评家的肝胆情怀。

著书，论文，纵酒，放歌……这些事物都终将离我们远去，唯有我们日渐衰减却从未放弃的内心的青春快乐，永恒。

2015 年 2 月 27 日

步调一致 子恺画

相逢意氣為君飲 繫馬高樓垂柳邊
子愷畫

蒋寅 1959 年生，江苏南京人。中国社会科学院文学研究所研究员、博士生导师，中国作家协会会员。致力于中国古代文学研究。曾与孟繁华同时被命名为文学所酒协副会长。

孟哥酒史戏说

要写孟哥的酒史，那是一部大书，分量与评价他在当代文学方面的贡献不相上下。不过在这部伟大的历史中，我个人只参与其中很小一部分，因此，宏大叙事就只能留待大成兄或其他朋友了，这里只做一点纯个人视角的叙事。

我所经历的孟哥酒史，开始于酒协的成立，之前共产主义小组时期的情况可参看大成的回忆和叙述。酒协的成立，肯定是在 1995 年孟哥屈就文学所当代室研究人员之后，但具体是在哪天哪次酒会，却也像中共第一次党代会的日期一样，肯定会有分歧的说法。毕竟谁也料不到，那会成为重要的时刻，载入历史。

1995 年，我进文学所已经有七个年头，因为某个历史的机缘，我和专业相距甚远、本来没什么关系的大成，已由道义之交升级为酒肉朋友，每到周二公休日——社科院的人通常将返所日视为休息日，意谓平时蛰在家里发奋用功，到返所这天，才能轻松一下——中午一定是要追呼聚嚣的，但其人、其时和其地都没准定。本来，事物的稳定形态是要有三个支点的，孟哥正是这第三个支点。

　　虽然我对传统的性命之说一概拒斥，但最终不能不对缘之一字心存犹疑。只要不是对生活充满怨恨的人，都会感念，我们半生的相遇，难道不是一个缘字？我们的生活中如果没有一些人，那将会是多么乏味？这就是孔子感叹的："微斯人，吾谁与归？"

　　古代、当代、理论，三个不同专业的人能就这么拢在一起，最初的因缘自然是酒。文学所人虽不少，但能喝酒的人不多，这不多的人里面，还要能相看两不厌，这就更难得了。反正是一见如故，自然地就喝在一起，很愉快，很自在。很快，就觉得我们要有个组织，正式名称是中国社科院酒协，简称酒协，对外宣称挂靠在文学所，属于文学所挂靠的诸多协会中唯一没有备案的一个；内定为副局级单位，会长享受副局级待遇。主要领导就是我们三位，大成当然是会长，孟哥是常务副会长，我是第二副会长兼秘书长。后来影响大了，也口头发展了几个会员，担任群工部长、妇女部长，下设白酒局、黄酒局、花酒局，这是后话。但核心成员一直是我们三个人。

老这三个人喝酒不闷吗？不闷，其实光三人喝酒的时候也不多，多数还是组团参与各种酒会。所里的会议或讲座、答辩啦，谁来个朋友啦，到谁家聚会啦，一招呼，酒协成员一起到场。到后来不光是国内学界，连台湾学者见面也问，听说社科院有个酒协？树大招风，因此常不免成为酒桌上的攻击目标，或被当作调侃的话题。主题之一，不难想见，自然是酒量排座次了。我推孟哥第一，孟哥谦让于我，大成则对我俩都不服气。最后我们只好以梁山英雄为例来启发他："宋江武功不济，但坐头把交椅。会长酒量不必最大，主要是以德服人。"但大成自认才、胆、识、力四字中，他还占了个"胆"字。

事实是明摆着的，我和孟哥单独喝酒，基本都是谈心论学，相安无事。若三人一聚，则必有一个醉的，十有八九是会长。凭良心说，真刀真枪地干，肯定孟哥实力第一，大成第二，我居末。但实际结果，通常是大成先铩羽，一方面是他不喝高不尽兴，另一方面则是我极怕喝高。正像前人说的，醉酒说起来很有趣，写到诗里很有风韵，但实际如大病一场，难受得要命。更何况，秘书长的职责不还要送会长回家吗？

当然，一般是不用我送的。我住东郊，孟哥和大成都在西郊，一扎啤酒的距离，自然是孟哥送他回府。这么说，会长肯定是不认可的。事实上，他俩究竟谁送谁更多，是酒协成立以来一直悬而未决的著名争端，经过多少次摆事实，讲道理，仍难达成共识。然而结论也是不言而喻的，只消看看后来大成经常不终席而去，以求全身而退，即可知其大概。这不是最重要的问题，关键在于酒桌上的表现，这方面孟哥就为酒协其他领导难以企及了。

如果将酒桌比作一个舞台，开幕时全都是角儿，但没一会儿这个舞台上就只剩孟哥一个演员，其他人都成了观众。这就是有孟哥的乐趣和孟哥的魅力。在文学所的饭桌上，只要有孟哥坐着，总是欢笑不绝。后来我才知道，这老哥是在文艺团体淬过火的，不过我感觉他更像是天生禀赋有表演才能。三杯酒下肚，说个半荤不素的段子，似毫不下作，却把一桌人逗乐得，侪辈中真是少有其比。最绝的是他擅长模仿别人的神情动作，之精准，之传神，令人叹为观止。一次在饭桌上模仿某位所领导的抽烟动作，绝对是入木三分，传神到了家，把人眼泪快笑出来。

就是这样，虽然常听大成感觉很夸张地叙述过种种故事，但在我的记忆中，几乎没有孟哥醉态的印象，他醉酒的故事于我都是传说，从未眼见为实。酒桌上的孟繁华，仍然是一派著名批评家的风范，激扬文字，挥斥方遒。我对当代文坛和作家的一知半解，大半是在酒桌上听他侃来的，感觉他评价最高的小说家是余华，批评家是陈晓明。曾与余华有一面之缘，作品读过一些，感觉甚好；晓明则同事多年，他对后现代批评的贡献有目共睹，"陈后主"之誉，绝对是实至名归。酒桌上侃文坛，阴晴圆缺，肯定不同于会上，失望之情常形于色。我说如此不

堪，你们还莺歌燕舞的，还不骂？孟哥无声长叹："现实如此，再骂，大家都没意思了！"看上去和光同尘的他，骨子里很清楚，大环境就这样，"众人皆醉我独醒"，又有什么意义？其实彼此的感觉都差不多。

记得有一回，孟哥称赞当年有几部长篇小说不错，我让他推荐，随口举了李洱的《花腔》、阎真的《沧浪之水》，还有冯唐的《万物生长》。我随即找来读过，感觉《花腔》有点落套（芥川龙之介《竹林中》），《沧浪之水》语言特色不够鲜明，只有《万物生长》颇有灵气。对我的鄙见，他有的首肯，有的不苟同。比如《万物生长》，他说近年正不乏调侃、俏皮的聪明，少的是大气磅礴。倒也是，看看网络上的语言和手机短信，不能不觉得他说得很对。忽焉几年过去，最近见面，却听他称赞冯唐近顷颇成气候。孟哥总能让我感觉到他对文坛动向的密切关注和敏锐触觉，这正是一个优秀批评家必具的资质。

从 1995 年孟哥来所，到 2004 年移席沈阳师大，杯酒间十多年过去。这期间，酒协走过大江南北，经历过"国际对抗"，与各地友人有过比拼。虽没有什么可以夸耀的正规成绩，但也留下不少回味无穷的乐趣。最初那几年，多在院部东门贡院东街的馆子喝酒，先是"四合院"，后来是"富丽酒楼"，富丽酒楼搬走，又在"川百味"。记得孟哥刚来不久，就招呼师弟韩毓海过来，在四合院喝啤酒，几圈过去，还没上劲，韩毓海就没影儿了。出去找一圈，原来竟已高了，愣坐在大门外地上，一副"我醉欲眠君且去"的派头。

院部大楼东侧，紧挨长安街路口，有一排楼房位置极好，但开饭馆偏就生意不旺，换了一家又一家，最后是一对台姓孪生姊妹承租下来，起名富丽酒楼，才成了气候。这两姐妹，姊丰腴，妹清秀，姊齿牙伶俐，妹腼腆文静，各具风情。孟哥和大成，一个说姐是我的，一个说妹是你的，言语间就将姐俩瓜分了，时不时同她们调笑。那两姊妹多少世故，一眼便知是那种有贼心没贼胆的，遂也凑趣逗他们两句，偶尔还来敬杯酒，知情识趣。不过我们很少在富丽吃饭，一般都是在别处吃了，快两三点才到这儿喝酒。进门店堂已没什么客人，服务员一溜站门口，见这三个客官进来，都忍不住掩口卢胡，知道这仨喝到日落西山，必是勾肩搭背出去，一派"家家扶得醉人归"的光景。后来，那栋楼房被院里收回，拆了盖图书馆，富丽也不知道迁往何处，生意如何，那姐俩也快五十了吧？

她们做梦也不会想到，自己无意间成了别人生命经验中的一段影像，在十多年后的回忆中重播。其实人生中，谁又不是如此？就像卞之琳《断章》所说的："你站在桥上看风景，看风景的人在楼上看你。明月装饰了你的窗子，你装饰了别人的梦。"因为某种因缘，我们无意间参与了别人的人生，同时又因这参与而丰富了自己的时间和生命。

人非圣贤，都会有理想的失落、世俗诉求的失望。微醺的乐趣，沉醉的渴望，有很多得意尽欢的逸兴，也难免一时一事的惆怅。烦恼和愤懑的块垒，本要借杯酒一浇的，有时反更燃起激烈的怒火，把彼此灼伤。幸好酒协成员还都葆有纯真的底质，回过头反思一番，都还是严己宽人，由是金石之谊，历久如故。现在回想酒协近二十年的岁月，一幕幕往事，其实大多平凡无奇，没什么记忆深刻的细节。大抵是在轻松谈笑间开始，在微醺中激动，然后朗诵，然后英文，乃至争吵，最后在昏沉沉中踉跄回家。就这么送走一个又一个周二。

　　但酒协也有几次重要活动，值得一提。一次是大成约游京西法海寺，仨人在山门前留影，气宇轩昂的，像是非常人物；另一次是孟哥五十大寿，约去府上一聚，又在餐馆合影，虽仍旧气宇轩昂的，可眉眼间已见岁月留痕。真正能够载入史册而惜无存照的重大活动，乃是孟哥刚去沈阳不久的2004年6月，我和大成订了29号的晚车去看孟哥。正值周二，我俩和未经正式任命的花酒局长彭亚非在"川渝信"喝到晚七点，微醺出来，亚非随我们走到北京站，乘地铁回家。大成说，亚非你干脆跟我们一块儿杀老孟那儿去吧，亚非有点踌躇，经不住大成一激励，当即买了张高价票，睡到沈阳。

　　接下来的四天，昏天黑地，从早饭就开始喝啤酒，中午晚上喝白酒，看完二人转或唱过KTV，再到大排档喝啤酒。紧锣密鼓的活动，多是宋苇在安排。这是个很低调的朋友，喝酒也不张扬，但没少让我们喝酒。刚两天下来，就感觉喝不动了，只想喝点啤酒。第三天晚在大排档喝啤酒到很晚，回到沈师大校园，一片漆黑，怎么也找不到我们住的国际教育学院，晕乎乎地在校园里转悠来转悠去，没有人知道过了多长时间，只记得亚非释放了三回啤酒，这才找到地方。到第四天，感觉真的到了极限，人像是悬浮在不真实的状态中。连大成都急不可耐地闹着要走，说再不走要出人命。中午朋友请客，酒是根本喝不下了，饭后去喝茶，晚只能喝点啤酒，喝到八点多上车。现在想来，这四天是酒协历史上最难忘的经历，也是我记忆最深刻的喝酒经历。没有这样的经历，酒协大概就没什么可夸耀的资本，我们也不敢以酒人自居了。

过去的这些年，我们仨在一起喝了多少酒，无法计量。没有这些追呼买醉的日子，我们的人生，会多多少空白，少多少记忆！英格丽·褒曼在《回忆录》中说，所谓快乐就是拥有良好的健康和不良的回忆。因为酒协，我们的生命之圆有了一个相交相融的部分，凝聚并分享了彼此的快乐，也留下不少江湖传说。

有一次樊刚在院部大门外看到大成和孟哥坐在长安街边马路牙子上喝啤酒，说你们就在这儿喝酒啊？孟哥说喝酒还分什么地方啊！"名士，真名士！"他学给许明听，连连赞叹。我等习以为常而被别人目为不拘形迹的逸事流传，究竟有多少类似的情形，只有天知道。

转眼孟哥离所已快十年，随着他的远游，酒协景况日见萧条，活动锐减。虽然时不时还有一聚，但没有孟哥的时候，大成的兴致明显低落。由此感觉，孟哥实在是酒协的主心骨啊，人在酒盛，人去酒衰。最近一次与孟哥喝酒，是在香山饭店的会议上。一向神采飞扬的孟哥，蓦然间也霜浸两鬓，不由得心惊岁月如刀，刀刀催人老！酒协三位领导，都快到退休年龄。酒协的事业将面临后继无人的局面，昔日的辉煌将成为传说。但这不是我们所能改变的，无奈之余，只好自祷，愿我们酒协成员，终此生酒情不灭，酒肠不枯，酒兴不老！

高谊

子愷畫

肖鹰 1962 年生，四川威远人。毕业于北京大学哲学系，后师从谢冕，在北京大学中文系做博士后研究。现为清华大学教授。主要从事美学研究，著有《中西艺术导论》等。

酒神老孟

公元 2015 年 1 月 9 日晚，十数谢门弟子与谢冕师、陈素琰师母酒聚。此次聚会，主题是共议合撰文集《老孟那些酒事儿》。老孟者，孟兄繁华是也。在谢门中，同门学友称老孟，谢冕师亦称老孟。孟兄繁华，在学界师友间，以著文称雄，以豪饮逞霸，"老孟"即此由来。

老孟酒事儿，谢门内外，盛传不绝。写老孟酒事儿，叙其事容易，传其趣却难。

9 日晚聚中，谢冕师有两句话，可作普遍理解，也可专指老孟而言。谢冕师说，"人是不可改变的"。此说可解为，老孟于酒，常饮常醉，常醉常悔，常悔常戒，常戒常饮。谢冕师说："席上无酒，举座不欢。"谢师此说，以老孟而言，我体会尤其深切。

某次，老孟大醉之后旬日，我们师弟俩与方宁、陶东风、金宁、陈剑澜会饮。一开始，老孟声明，日前大醉，深感悔顿，誓言戒酒，今日不喝白酒，只喝一点啤酒伴兄弟们。老孟此话一出，举座失色，但知老孟此话非虚托之言，不敢勉强，任老孟依言而行。但不过半小时，众人都感觉沉闷难捱，老孟也觉好生无趣，愧然难对，慨然直呼道"老孟今天只得又破戒一饮了"，速换白酒大杯畅饮，满室顿然喜气喧腾。以谢冕师此两说解老孟酒事儿，趣味不是宛然呼出？

谈老孟酒事儿，已是谢门内外酒话快乐主题。然而，就我听来，大家着重的是，老孟酒后颇为不堪不足与后人道之事——醉后不认自家门。我所亲历的一次，是数年前一个冬夜，多人会饮，大约八点半就散了。老孟打车并称直接回家。然而，十点左右我接到老孟一批评家朋友电话，称老孟夫人多次打他电话不接，不知老孟身在何处。我大惊，询问当晚几位参与会饮的朋友，亦称不知老孟去向。我感觉事体不小，让那位批评家先设法安抚老孟夫人勿着急，同时向北京交通台救援，希望该台能向全市出租车司机发通告寻人。但交通台电话员称，寻人事不属交通台业务，建议我立即报警。"著名批评家孟繁华教授夜醉失联报警"，这不是明天头条吗？当时已过午夜，我只好电话老孟夫人，咱们再等等！我惶然回家，夫人知道情形，痛斥我等不义，并称老孟冻坏如何？临近一点，老孟夫人来电话，告知"老孟在家门口，浑身是泥"。我知道，老孟又重复了一个常态动作：醉里眠泥淖，醒来问家门。

9日聚间，论酒品排榜，纷争之后，共推谢冕师为酒圣、老孟为酒神、肖鹰（本人）为酒仙、高秀芹为酒侠，谢门酒客之高四品。此酒中四品，可比之于国画之四品。我以为，论国画四品，唐人张彦远之说为矢的之论。张说："夫失于自然而后神，失于神而后妙，失于妙而后精，精之为病也，而成谨细。自然者，为上品之上。"（《历代名画记》）酒中四品，是可以张说为比论。

酒圣者，自然宽宏，包涵天地，不将不迎也，极高明而道中庸。会饮无数，无论大小场合，谢冕师，白红啤三中全会，非豪饮之举，却是恢宏慷慨，鼓舞一席山高水长之逸兴，真当世酒圣。酒仙者，精神专一，不以醉为乐，只以兴为趣。肖鹰好酒，唯白酒是尚，盛会渴饮，独处求酌，得意不在酒力，唯在借酒启发，以酒寄于天地，是为酒仙陶翁渊明万世之徒。酒侠者，本来一身慷慨，更仗酒使气，酒助人气，豪气动人。秀芹虽为巾帼，真谢门中豪杰者也，为人豪气，饮酒豪气，真酒侠也。

与酒圣、酒仙、酒侠相论，酒神伟岸威猛，气撼山岳，神泯天人，一人求醉，举座同酣。老孟饮酒，从无小酌细品之态，声气形神，全是吞杯而尽之势。"走一个！"这是老孟提酒的不二口令。因此，只要老孟在，不仅全场酒气浩荡，而且下酒之快，直是奔流到海。老孟酒事儿，都出在酒后，酒中的老孟，给予在座的全身酒神的陶醉欢欣。参与酒会，时或遭遇开杯求醉、不出会饮三巡，即癫狂恶作，这般人色，如是常态，可沦为"酒鬼"。"酒鬼"与酒神有相似之形，绝无相通之神。酒神老孟，非酒鬼，谢门无酒鬼。

　　说老孟，绝离不开一"酒"字。但我以酒仙之心度之，老孟绝不是独酌之人——酒神必须酒场才得神气精彩！老孟一日酒间语我，说道："我们东北人喝酒这么多，为什么东北出不了好酒？"我答之："以兄为例，东北人非饮酒，而是吞酒——不知品味，直吞腔肠。好酒只可出在细斟慢品、懂品酒的酒仙之乡。四川出名酒，弟出四川是也。"老孟无以为答，转身招呼道："走一个！"

　　同一酒，同一饮，酒神与酒仙，兴趣实有不同也。陶翁渊明先生叙酒诗"悠然见南山"，是酒中幽趣至境，不饮酒绝无可知，饮酒趣浅辈亦不得梦见。不才以渊明翁为酒仙之宗，以诗明志："生来贪杯，死后还恋酒。千古风流客，饮中是真我。"酒神老孟知汝酒仙弟否？

2015 年 1 月 9 日晚谢晃师门酒聚小醉之次二日，清华寓所

春光先到野人家

子愷

唯有吴家老松樹音風来似來曾来

陈剑澜 1966 年生，毕业于北京大学哲学系，现为中国艺术研究院编审，《文艺研究》副主编。主要从事西方哲学与美学研究，出版著作有《缺席与偶在》等。

酒徒行录

和老孟成酒友之前，常听人说老孟酒量如何了得。后来发现，传这种话的人，多半不是酒坛中人，且性情可疑。比如 G 兄。当年老孟在社科院文学所酒协主事的时候，G 申请入会，老孟一口回绝，理由很简单：不是能力问题，是态度问题。前天，G 提起这事，我一边听，一边心想，老孟果然是讲原则的人，是非面前一点都不含糊。

酒坛中人有时不免自夸其能，偶尔也会稍稍损及朋友。就像钓鱼的人爱说以前钓过多少大鱼，如今风水轮流转等等。知情者一笑置之，外人却不这么看。去年我赴沈阳拜会老孟，有人说我私底下称老孟喝酒不是对手，我赶忙纠正，说原话是：

在啤酒方面老孟从没占过我上风。老孟先是一惊，随即认可：这是剑澜的意思。我由此想到哲学家罗素的那句名言：我宁可让我的论敌而不愿让一个不懂哲学的朋友来复述我的思想。

我说这话是有根据的。大约十年前，我和老孟喝过一次快酒，类似于围棋里的快棋赛。简单讲，就是在规定时间规定地点决出胜负。前后四十分钟，兴尽而止。那天晚上究竟喝了多少酒并不重要。我送老孟回家，老孟自己领路，一路上他谈笑风生。

酒徒在某些场合也会端点架子，摆出喝不喝无所谓的样子。此时主动上来劝的，基本不是同道中人。前年C兄在北大张罗一个论坛，盛况空前，会后照例喝酒。C因为兴奋，也是上心，特地把晚宴安排在一家豪华酒店。大概是太上心的缘故，会一开完C就亲率一帮弟子去超市买酒，结果车堵在路上动弹不得。老孟和我心里起急，场面上还得应付，有说有笑的。眼看着盘子里的菜一点点少了，老孟实在忍不住，悄声对我说："剑澜，我有一种预感，咱俩今晚这顿酒有点悬了，C估计现在死的心都有了。"我赶紧问："那怎么办？要不然……"老孟略作沉吟，说："再等等，不得已才走此下策。"恰好此时，C等一脸愧疚地赶到，算是虚惊一场。

更早些年，T兄举办一个国际会议，地点选在京郊荒山里一座酒店，怕有人逃会。那时候交通没有今天这么便利。不过最后关头，老孟还是做通了酒店里买菜师傅的工作，领着一干人出山了。这是后话。几天里，老孟难得地始终现身会场，当然也在酒桌边上。头天晚上酒足饭饱之后大家出去散步，返回时

前面好青山
舟人不肯住

子愷畫

不期然在酒店大堂相遇，已近午夜。几位同道心照不宣地站着寒暄，显然，一阵凉风吹过，又起了酒兴，可是餐厅早就打烊了。老孟立即意识到自己的责任，冲着值班经理大喊："你知道我是谁吗？我就是 T 教授……"经理不用说给这气势镇住了，慌忙解释、道歉，老孟乘机以他特有的诚恳口吻开导、说服。十分钟下来，诸位已然无望之际，一个肩扛啤酒的青年身影出现在门口。老孟一面承谢，一面对着来人问道："酒是冰的吗？"

次日中午，我俩照旧凑在一块儿，一名英国教授坐老孟对面。此人上桌不到一分钟就把餐具、调味瓶等等摆弄个遍。老孟使了个眼色："看来也是位性中情人（*按：原话如此*）。"据我所知，老孟英语能利索地说上半句就算不错了，可他两人一番对付之后竟然频频干起杯来。我当时就想，列宁说《国际歌》是全世界无产者的通行证，里德爵士说艺术增进了各国人民之间的理解，还应该补充一点，酒是人类团结的一条重要纽带。

社会上流行一种观点，说老孟酒前酒后判若两人。持这种见解的人和传老孟酒量大的人不谋而合，并且一样肤浅。老孟的嗓音极富磁性，只有亲聆过老孟放歌的人，才晓得这嗓音的魅力有多大。他唱的歌有点老，这多少透露出一点时代信息。平时老孟发言、聊天都是这副腔调，其高低起伏抑扬顿挫起承转合，既具有修辞学功能，更富含社会学、人类学意义。反过来说，老孟本身就是一种复杂社会现象。老孟的立场、观点、方法容易让人想起那个神魂颠倒的年代，而他的语气是克制的、反讽的、躲闪的，生怕别人抓到什么。喝了酒情况就变了，整层防护色褪得一干二净。此时的老孟满嘴满脑子里只有学术，目光如炬，气势如虹，"仿佛全世界都在倾听"，让人去洗手间都不忍心。好几次，我本想扮作听众，可总忍不住要找茬、挑刺、挖坑、设套，惹得他隔几分钟就像插播广告似的大吼一声："不说话你会死啊！"其实我心里在想：老孟老了，有点过时了。这么说不全是贬义。《喋血双雄》里有句台词："你我都不再适合这个江湖了。"宗师亦难免发此感慨："寅恪平生为不古不今之学，思想囿于咸丰、同治之世，议论近乎湘乡、南皮之间……"

最后要提一下孟夫人。在酒徒行录里，夫人的形象通常是高度类型化的。孟夫人则不然。老孟的反复戒酒，原因复杂，多数可信可不信。唯有一点可能是真的，就是顾及夫人的感受。据我长期观察，孟夫人其实并不抽象地反对老孟喝酒。除了小规模聚会，孟夫人一般不跟老孟坐一桌。席间，孟夫人抽空会和这桌熟人远远打个招呼，温馨一笑，意在观察老孟杯中的情况。老孟看在眼里，依旧照喝不误，毫无收敛的迹象。而且夫人主动给大家添酒的事偶尔也碰到过。此类情形颇令人费解。说夫妻间有默契吧，似乎不完全。说老孟在夫人那里信用变好了，也讲不通。说孟夫人尽管不赞成老孟喝酒但誓死捍卫老孟喝酒的权利，更是不着边际了。想来想去，只有一种可能，不妨借用一下早先批评过的流行说法：假使真的存在一个酒前的老孟和一个酒后的老孟的话，孟夫人一个都不想错过。

清晨閒叩門
倒裳往自開

子愷

吴玄 1966 年生，浙江温州人。《西湖》主编。浙江文学院合同制专业作家，著有小说《陌生人》《玄白》《西地》等。

老孟的酒事儿

好些年前，我在呼和浩特的一家酒庄看见一具皮制酒囊，武士造型，披着牛皮铠甲，双臂叉腰，三四分具象，六七分抽象，看起来很是可爱而又威猛。我请售货小姐把酒囊拿来瞧瞧，我摸了摸，又摸了摸，就莫名笑了起来。小姐问，笑啥呀。我说，这酒囊太精神了，它让我想起了一个朋友。

我想起的朋友就是老孟。那具酒囊，若不将它当酒囊，干脆把它当作老孟，我觉着也是可以的。他们之间不仅形似，八九分神似也是没问题的，只是老孟比酒囊更高大更威猛些，可以装更多的酒而已。

老孟，是别人的叫法，我通常叫他孟老，也不算尊称，我只是觉着把老孟倒过来叫更好玩一些。其实，老孟、孟老、孟繁华，随便怎么叫都行，反正朋友面前他是个老顽童。比如，有一个深夜，确实是深夜，深到了凌晨三四点，我、孟老、魏微，在北京孟老家附近的一间小夜店喝酒，喝着喝着，我们就觉着孟老变小了，魏微突然说，我是你姐。从此，孟老就叫魏微为姐，孟老打电话给魏微说，姐，我是姐夫。

孟老的好玩就在于此，不只是喝酒，还会说好玩的胡话。戴来每次与孟老喝酒，总是把自己舌头也喝短了，还要打个电话报告一下，呵呵，我们跟老孟玩，呵呵，我们把老孟玩坏了。

与孟老玩，当然是喝酒。孟老喝酒是不用别人劝的，他劝别人喝酒，自己干了，别人没干，他也是看不见的，他并不在乎别人喝不喝，他在乎的是自己要喝。有时，我们觉着孟老毕竟是孟老了，不能这样乱喝。

其实，孟老的酒量并没有江湖名声那么高，他只是好酒而已。我见过酒量远甚于孟老的，譬如温州的哲贵，哲贵喝酒就像喝的是空气，进去就没了，永远跟没喝一样，是那种无可救药的"酒冷淡"。如果孟老的酒量也高到酒冷淡的地步，也就没意思了。我想，再没有比哲贵喝酒更没劲的了，就像妓女做爱，你很努力了，干劲十足了，也舒服了，但她一点儿也不兴奋，不兴奋也就罢了，更不堪的是她还得假装兴奋。好在孟老的酒量恰到好处，完全不是这样，你拿着一瓶酒，不让他喝，让他看看，他也是很兴奋的。喝了酒的孟老，自然更是眉飞色舞，滔滔不绝。酒喝多的孟老，不仅仅是酒鬼、批评家、政治家、小品艺术家，他几乎什么都是，他就是整个世界。

我是不喝酒的，而且有些讨厌酒桌，但我乐意陪孟老喝酒，看他喝酒。许多个夜晚，我们从酒馆里出来，孟老在前，健步如飞，冲着车流滚滚的大街，挥手，大喊，同志们好！同志们辛苦了！我顿时觉着，我也喝高了，我也是整个世界。

但是，孟老禁酒了。

准确地说，是被禁酒了。好像是什么高血压之类的原因，用他自己的话说，是被老婆双规了，在规定的时间规定的地点交代酒事儿。酒，确实是被禁了。当见到被禁了酒的孟老，我几乎是惊呆了，眼前的孟老还是孟老吗？不喝酒的孟老，在酒桌上完全失去了往日的神采，呆若木鸡，连眼珠子也是死的。偶尔偷窥一眼别人的酒杯，泛出一点点光来，又觉着犯了忌，迅速地移开，目光也迅速地又暗淡了下去。我们看着孟老这个样子，实在是痛心，鼓励说，算了，别禁了，喝吧，喝吧。孟老沉默许久，又长叹一声，唉，不喝，不喝。可是，孟老是酒做的啊，他的身体是酒做的，灵魂也是酒做的，不喝酒的孟老是多么煎熬啊，就像福克纳说的，孟老在煎熬。

孟老到底还是开禁了，开禁了的孟老分明感到了喝酒不易，比以前喝得更欢。

去年九月，在杭州，孟老中午喝了一轮，晚上喝了一轮，夜宵再喝一轮，酒是红酒、啤酒和白酒。凌晨两点，我和石一枫一人一只胳膊，将他绑架回房间，摁倒在床上，我们手一松，孟老炮弹似的弹了回来，不睡，不睡，就是不睡，说着出门逐个房间敲门。此刻，他面对的是房门，不是大街，没得挥手，他的身份由领袖变成了警察。

第二日中午，继续喝，美女作家苏沧桑请客，地点就在她的豪宅"春江花月"里面。酒开了，刚倒了一杯，孟老端着酒杯，端了一会儿，又放下，忽然起身步履缓慢地走出门外，我以为他上洗手间，旋又回来，扶着门框，表情十分严肃道："吴玄，你来一下。"孟老从来没有这么严肃过，不知吃饭中间还有什么严肃的事情。我出门只见他已经坐在走廊的椅子上，嘴巴嚅动着，艰难地说："我不舒服，得送我去医院。"我说："你怎么啦？"孟老断断续续说："好像是喝多了。"我扶他起来，细看他的额头爆出了豆粒大的虚汗，脸色是灰的。那一刻，我想到了死，心里充满了悲伤，孟老若是这么喝坏了，以后我和谁玩呢？

医院就在江对面，过桥就到了。医生是女医生，戴着口罩，但不戴口罩的部分，看得出来是漂亮的，护士不戴口罩，看起来就更清楚了，更漂亮了。孟老躺在急诊室一角的椅子上，挂着吊瓶，眼是闭着的，对急诊室里的美色完全无动于衷。我和石一枫拿美女逗他，也没有反应，看来，孟老真是不行了。孟老边上躺着一个年轻人，也是酒精中毒来挂吊瓶的。看着孟老有伴，吾道不孤，我也就放心了。

我和石一枫，同时松了一口气。再一会儿，孟老躺不住了，单方面宣布自己好了，让漂亮小护士帮他卸下吊瓶。小护士笑笑："你还没好，得挂完。"说着就转身走开了。又一会儿，孟老突然坐了起来，看看周围，随手拔了吊针，拉了我和石一枫，快步跑出了急诊室，嘴里还嚷嚷道："快走，快走。"

路上，孟老又想起了苏沧桑的那瓶酒，郑重说，苏沧桑的那瓶酒，确实是好酒！

一間茅屋負青山　老松半間雲半間

李云雷　1976年生，山东冠县人。毕业于北京大学中文系，获博士学位。曾任《文学理论与批评》副主编，现为《文艺报》新闻部主任。从事文学批评，著有《如何讲述中国的故事》等。

魏晋风度与学问及酒之关系

　　孟繁华老师是我的导师韩毓海先生的师兄，按辈分论起来，应该是我的"师伯"，但我们却经常在一起喝酒、聊天，简直像兄弟一样，我们一般都尊称他为"孟老"。

　　孟老好饮酒，时常呼朋引伴，招呼我们一帮小兄弟喝酒，这些年也不知喝了多少次，每次都会喝得很畅快，留下了很多美好的回忆，当然也有不少糗事。孟老喝酒，主要以啤酒为主，他讲究一口干，不管多大的杯子，都是端起来一饮而尽，那潇洒豪爽的气派会吸引来很多惊奇或羡慕的目光。有他带头，酒桌很快就热闹起来了，这个敬一杯，那个敬一杯，孟老边聊边饮，谈笑间就喝下去了好几瓶。孟老不仅善饮，而且善谈。他有不少经典的调侃语录，像"请允许我敬你一杯""为什么不呢？""地位变了，谦虚谨慎的作风没变"等等。每次喝酒他都要说，说时带有表演的性质，一口地道的京腔京韵，配合着手里挥舞着的动作，又夸张，又滑稽，总能为酒桌带来一阵阵笑声。有孟老在，酒桌总是充满了欢声笑语。有时孟老出差在外，我们喝酒找不到他，喝起来就会很沉闷，这个时候，我们就会分外怀念他。

孟老喝酒还有一样非他人所及，那就是他精力充沛，所向披靡，经常喝完一场还要找地方再喝一场，有时一个晚上要喝三场以上。我记得有一次张学昕来北京，孟老、陈东捷、刘庆邦等人一起喝酒，先喝了一场，喝了三四瓶白酒，孟老还要再去喝一场。那晚我有事先走了，后来听东捷说，他们又去喝了一场，孟老还不过瘾，又到一个地方去唱歌，喝啤酒。到后来，去的人都喝多了，躺在沙发上睡，只有孟老一个人还在喝着啤酒，嘶吼着《再见了，大别山》等革命歌曲。那天他们在那里一直待到天亮，第二天一起去吃早餐，据说孟老还要了一瓶啤酒来"还魂"。

类似这样的故事太多了。还记得有一年去沈阳开会，我们在沈阳待了两天半，算下来竟然一共喝了九场酒。孟老作为会议的主人，招待得很周到，白天开会，晚上喝酒，喝得每个人都很尽兴，甚至都有点承受不住了。我们都很敬佩孟老身体健康、精力充沛。他也跟我们讲起过，他年轻时在长白山插队七年，整天做的都是伐木等重体力活，锻炼了身体，也锻炼了酒量。现在孟老经常跑步，身体也很结实。记得有一次孟老喝得有点多了，我和石一枫去送他，把他送回家。孟老忽然又来了兴致，拉着我们一定要在附近找个酒馆再喝一场，我和一枫劝他，但他身体壮实，动作很猛，我们两个人竟然拉扯不住。用一枫的话说，孟老那天"时而匍匐，时而跳跃"，虽然他的身体很好，但毕竟是喝得有点多了。

孟老喝醉的场面我也见过不少次，孟老的酒量那么大，怎么还会喝醉呢？孟老是性情中人，一喝起酒来就要尽兴，还有很多人要敬他酒，所以在不知不觉中就会喝多。我记得有一次吴玄来北京，我们在一家"湘西土菜"吃饭。那天都喝得不少，一枫去送吴玄，我和文珍等去送孟老，文珍开车到广顺北大街，我和孟老在车上说说笑笑的，到了小区门口，孟老就下了车。我们以为没有什么事了，没想到第二天见到孟老，他告诉我说昨天确实喝多了，他下车后离家只有五百米，竟然找不到家了，只好给师母打电话，还是师母下来把他接了上去。

据说为了喝酒，师母没少管束孟老，孟老也多次下决心戒酒，但好像每次都坚持不了多久。我记得东捷说起过，孟老有一次确实下了狠心戒酒，那次他们一起去新疆等西北地区，一连十天左右，孟老竟然一口酒也没喝，当然那可能也是由于师母与他同行的缘故。孟老还讲起过他在家里偷酒喝的故事，那是趁师母在厨房炒菜时，他偷偷拧开一瓶小二，倒在酒杯里，一口闷下去，再装作若无其事的样子。等师母炒好菜吃饭时，他会装作很委屈似的说："今天就只喝一个小二吧。"说着拧开一瓶小二，倒在杯中，再慢慢品。师母对孟老喝酒虽然颇有微词，但也很宽容，只是少不了抱怨。记得去年我和孟老夫妇、陈福民、晓航等人，一起到窦店荆永鸣的酒馆里喝酒，那天晚上都喝得不少，住在了窦店。第二天师母告诉我们："你们孟老师，昨天可是喝多了，去洗澡，关在玻璃门里出不来了。"孟老连忙说是师母又一次"拯救"了他。我想，要让孟老完全戒酒怕是很难，也会少了很多乐趣，但每次少喝一点，却是可以做到的。

说了这么多喝酒的事，还没有说到孟老的学问，但"知人论世"，我们从孟老喝酒的风格品性，也可以看到他的为人处世。在当代文学研究与批评界，孟老是一位举足轻重的人物，他的文学史著作和文学评论为各方所看重。在我看来，孟老的文学评论具有鲜明的特点，主要体现在以下几个方面。

首先，孟老的评论有着强烈的问题意识，他是一个能够不断提出新问题的人。新世纪以来的中国文学处于剧烈的变化之中，新的文学现象与文学思潮不断涌现。面对新的经验与美学，如何提炼出新的问题，是对评论家的一个巨大挑战。孟老相继提出了"资本神话时代的无产者写作""文学的新人民性""文学革命终结之后""乡土文明的崩溃与 50 后作家的终结"等一系列新的命题，在文学界内外产生了巨大的影响。可以说孟老始终走在当代文学的最前沿，他通过自己的观察与思考，通过自己提炼出的文学命题，参与到当代文学思潮的变化之中，为当代文学的发展提供了一种动力。能够提出新的问题，既需要对当代文学的格局及其变化有一种总体性的把握，又需要对具体的作家作品有深刻的了解与分析，还需要一种整体性的思辨与分析能力。孟老不断提出新的文学命题，显示了他的思想能力与前沿意识。

其次，孟老的评论有着清晰的平民立场，他始终站在人民大众的立场上。无论是在"底层文学""打工文学"的讨论中，还是在"新左翼文学""文学的新人民性"等问题的讨论中，孟老的立场始终鲜明。他一直关注着底层劳苦大众的声音，通过自己的研究与分析，梳理左翼文学的当代变迁，探讨底层文学在当前的出路，在这方面他撰写了大量评论文章，深化并扩展了底层文学的讨论。孟老的平民立场来自于他的经验，也来自于他的知识，虽然置身于当代最精英的知识分子之列，但他始终对自己的学院派教授与著名评论家身份有一种清醒的反思意识，他始终认同自己是一个平民，并愿意与底层大众在一起，这在当今知识界尤为难得。

再次，孟老的评论有着鲜明的现场感，他始终与青年作家保持着密切联系。在当代文学界活跃的60后、70后、80后乃至90后作家，都是孟老关注的对象。他最近主编的一套"70后作家大系"，几乎囊括了当前活跃的所有70后作家。去年他在沈阳召开的会议，也以"70后作家"为主题。与青年作家保持密切的联系，让孟老的评论充满了活力，他在青年作家的作品中不断发现新的经验、新的美学元素，并给予他们以新的阐释。孟老与青年作家之所以会联系如此密切，在于他也有一种青春心态。无论是写作文学评论，还是组织文学活动，孟老始终充满激情，充满青春的活力，在这个意义上，他也始终是一个"五四"意义上的"新青年"。

以上我分析了孟老文学批评的一些特点，如果我们将孟老喝酒与他的学术联系在一起看的话，可以看到：虽然是在不同的领域，但孟老的风格却是一贯的。在喝酒上，他也是引起话题的人，也有平民立场与青春心态。说到青春心态，那就是他更愿意和我们这帮小兄弟喝酒，喝起来也不分大小，打成一片，笑成一片，是那么亲密无间。说到平民立场，那就是孟老喝酒从来不在乎酒的好坏，也不在乎酒馆的档次，相对来说，他更愿意去平民一点的酒馆，甚至一起去大排档。但只是有一点，孟老喝酒常常会等不及，有时凉菜还没有上来，一两瓶啤酒已经下肚了。写到这里，我又想与孟老喝酒了，等他从香港归来，我们一定要好好喝一场。我想一边畅饮着美酒，一边畅谈着学问，也就真的是魏晋风度了吧。

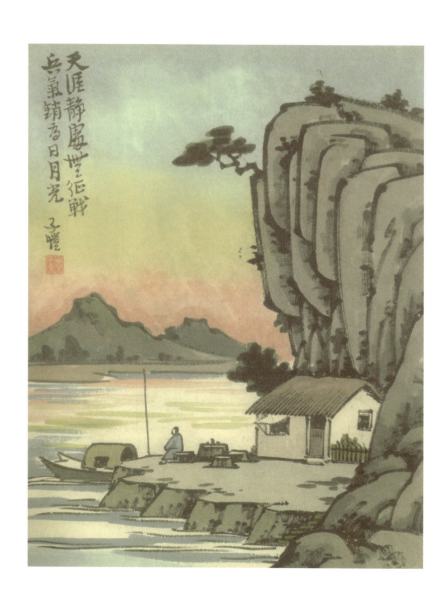

天涯静处无征战
兵气销为日月光

子恺

石一枫 1979 年生于北京。毕业于北京大学中文系，获硕士学位。现供职于人民文学出版社，《当代》编辑。从事小说创作，著有《红旗下的果儿》《世间已无陈金芳》《地球之眼》等。

孟老的酒事儿

我第一次和孟老喝酒的时候，还没有管他叫孟老，而是很正式地称其为"孟繁华老师"。当时是我的研究生导师韩毓海老师带着我去找他，他便把我们领到高尚住宅门口的一个破烂饭馆，好像是个"乌江鱼"，喝将起来。正是大冬天，又是凉啤酒，咕咚咚复咕咚咚，咕咚咚何其多。饶是我还是个二十出头的傻小子，也感到压力很大，心想这人怎么那么能喝，并且不走肾。至于这两位老师聊了些什么，我是全记不得了，大概是在批判社会什么的吧，也就是人文知识分子惯有的那一套。只记得孟老喝着喝着，突然说了一个歇后语：狗尿苔炖猪 X，蘑菇没好蘑菇，肉没好肉。后来我彻底被灌高了，被塞进一辆咣咣乱响的夏利车滚回家去，在路上还重复着这句歇后语，说着说着就笑出声来了。

司机差点儿跟我急了：你丫说谁呢？

后来我上班了，一不留神搞了文学这个行当，跟身为著名批评家的孟老见面的机会就多了，喝酒的机会自然也更多了。也熟悉了孟老对于酒场的各种命名，比如说，他喜欢把人按照喝酒的品种不同，分为"白酒组""红酒组"和"啤酒组"，一旦一个桌上的品类凑全了，就可以称为"九（酒）届三中（种）全会"。再比如说，据称他在当时的单位中国社科院成立了一个"酒协"，有一段时间相当不可一世。但是据更能喝的人，比如李云雷说，"酒协"基本上就是一个酒量不大的人的互助组。

也是醉翁之意，我们跟孟老这个人喝酒，在意的当然不是喝了什么酒，或者喝了多少酒，而是酒桌上的孟老是怎样说的。孟老在不喝酒的时候，似乎也能装得老成持重的，或者说，他在尽力把自己淹没在一堆老成持重的人之中。但是三杯下肚，孟老就暴露了，脱颖而出了，一枝独秀了。纸是包不住火的，引燃火的当然是酒精。

孟老在酒桌上最常说些什么呢？依照情景不同，大概有如下几句：

> 我宣布，宴会就此结束！（当别人刚刚落座的时候）
> 请允许我敬你一杯！（当别人还在推脱说"不能喝"的时候）
> 我的普通话你听得懂吗？（当他要求对方都干了，而对方没有做到的时候）

难道夜生活不是刚刚开始吗？（当饭馆的服务员提醒要打烊了的时候）

　　今夜无人入眠！（当有人表示累了，要去睡觉的时候）

　　此外还穿插着各种经典文本的引用。比如敬女士酒的时候，他就会说一句《雷雨》里周朴园的台词："繁漪，你把它喝下去，你是个母亲。"比如酒局势必要结束了的时候，他还有一句《茶馆》里常四爷的话："我看这大清国是要完哪！"说的时候京腔京味，气韵雄浑，完全的"人艺"范儿。每当这些话一出口，酒局就会不可逆转地倒向孟老式的酒局，在场的人也会不可逆转地 high 了起来，就像围绕在太阳的周围，月亮也开始发光。孟老就是酒局上的 DJ，孟老的语言就是夜店里的迪曲。有的时候我会想，只要有孟老在，要酒这个东西有什么用呢？但是没有酒，孟老就不是孟老了。所以有可能只有孟老一个人需要酒，而我和另外一些家伙需要的却是孟老而已。

　　当然，孟老式的酒局就算再好玩，也会给我们带来它独特的烦恼。就像娶了一个漂亮老婆，就要忍受她的呵斥和颐指气使一样。这个烦恼就是，孟老的兴致实在太高涨了，精力也太旺盛了，往往超出了常人的肉体和精神能够承受的范围。比孟老更能喝的人，客观地说我见过，但是比孟老更能持续 high 的人，仆未尝闻也。记得有一次在杭州，大家也不知怎么说起来，要拍一部"大型无装室内剧"，剧名叫《青春逼人》。一群人在山上的一个大排档里，就着这个话题胡扯，折腾到了夜里三四点钟，就连平常不喝酒的吴玄也高了，像一只树獭一样爬到了树上。等到吴玄从树上下来了，孟老意犹未尽，还要到西湖去喝，到西溪湿地去喝，到"胡适乱搞过的地方"去喝。我们只好强行把孟老押送回房间，强行让他躺在床上睡觉。但是按一次，他就弹起来一次，复按复弹，再按再弹，让我们感觉对付的不是孟老，而是一根永远也不会折断的弹簧。第二天中午起床，每个人都是黑眼圈，精疲力竭，神情颓丧，好像一群刚刚被阉掉的鸡一样，只有孟老神色如常地问："今天要不要再喝点儿？"

后来这个"剧组"再聚在一起，孟老要喝而其他人以各种理由推却的时候，他的名言就变成了："什么青春逼人？我看是青春不再，只剩了一群逼人。"

所以每当戴来他们宣称"把老孟玩儿坏了"的时候，我基本上认为那是夸张。孟老是什么人，什么身板儿，什么精神头儿，怎么可能被玩儿坏了呢？

不过，在不久以前，我还真是目睹了一次孟老被"玩儿坏了"的情形。

那次也是在杭州，去的路上就充满坎坷。我们中午十二点上了飞机，因为航班延误，居然夜里十二点才到。在飞机上，孟老看到我有精神失控的趋势，还勉励我：落地就喝，落地就喝。对于酒的向往让他忍耐了航空公司的流氓行为。到了宾馆，我实在是人困马乏，不能再喝了，但孟老却欣然和吴玄他们一起出了门，据说喝到了凌晨五点。到了第二天，北大的车老师准时赶到，于是又喝，这一次孟老和他消灭了两瓶白酒。第三天，杭州的一个美女苏沧桑请吃饭，在酒桌上，孟老就不行了。他只堂皇地坐了片刻，突然把吴玄叫了出去。一会儿吴玄回来，说要去医院，我赶紧过去帮忙搀着孟老。

在就医过程中，孟老说了三句话。

第一句是刚刚打上点滴的时候，他说：我难受。

过了一会儿，孟老又说：我要戒酒。

我是不大相信的，但还是说：如果能戒，也不失为一件好事。

再过了一会儿，孟老说出了决定性的第三句话：你们刚才说那个护士长得还行？

我和吴玄跑到外面去抽烟，讲黄段子。而孟老也开始和身边另一个挂点滴的小伙子交流经验。那哥们儿好像是喝红酒喝高了的，孟老骄傲地说："我是白的。"再后来，用吴玄的话说，孟老是"单方面"宣布自己已经好了，自作主张地拔掉针管，把医院和漂亮的护士抛在身后，潇洒地宣布要奔赴下一个酒局了。然而毕竟刚刚遭受重创，药与酒还在他的身体里激烈地斗争呢，因而他的魏晋风度也就比平日多了一分萧索。看着孟老的背影，我还是有一些紧张的，同时想：酒这个东西有那么有意思吗，足以让他如此沉迷？或许孟老对于酒的需要，除了肉体的，更多的还是精神的。或许他在用酒以及喝酒这个行为，来对抗庸常的生活、无聊的世事，以及我们这个时代的种种烦恼与虚无。

这样一想，孟老的喝酒和闹酒就有了形而上的意味。他的每一口酒都喝到了灵魂深处。

主人醉倒复相勸
嘉友持杯勸主人
子愷畫

魏微 江苏人，1994年开始写作，现为广东作家协会专业作家。著有小说《拐弯的夏天》《化妆》等，短篇小说《大老郑的女人》获得鲁迅文学奖。

老少咸宜的人

老孟这人，我可能写不太好，因为他太生动了，以至于有很多约束。他本名叫孟繁华，文学评论家，沈师大教授。朋友圈里都叫他老孟。

在认识他之前，我就听到过许多他的趣闻逸事，诸如他如何可爱、风趣，如何好玩，听得多了，难免有些好奇，心里想，有机会可以认识一下，看看是何方来的妖怪。我们第一次见面，是在2002年夏天的一次饭局上，那天中午，一群人聚会看世界杯——中国队对巴西队。那天老孟也来了，一本正经地坐在席间，话不多，戴着眼镜，举止斯文，堪称一个风度翩翩的儒生形象。我有点失望，私下里跟戴来说："好像不好玩嘛，正常人一个。"

戴来说："他需要喝点儿酒。"

我不知道那天老孟为什么没喝酒，也许他正在戒酒？也许饭桌上没酒？总之，我是后来才知道，老孟喜欢喝两口——酒之于老孟，那就像水之于鱼，更准确地说，就像漂亮女人之于一个情种，明知道沾上了会有很多麻烦，却身不由己，以一种飞蛾扑火的精神扑上前去。关于老孟的酒事儿，我不能写太多，他嘱咐过我：第一，他的师友们早已写过，我再写纯属多余；第二，他主要怕太太看了不高兴——她管不了他的喝酒，总可以限制他酒名远播吧。

于是我便问他，那可不可以写点八卦呢？听说他是很讨女生喜欢的那类教授。

老孟断然否认，他从来就不是招蜂引蝶的人，他眼里只有老婆。

所以，我这篇文章就很难写，我不是写给一般的读者，这读者里既有他的老婆，也有他的学生——泛泛而言，这是两股微妙相抵的力量——要想哄得各方读者都开心，还要托出老孟的高大形象，确实不是件容易的事。然而在这里，我还是要说真话，老孟限制多多，他是逼着我在钢丝绳上跳舞。

我要说的第一句真话是：老孟夫妻和睦，情投意合；他太太是有名的美女。我虽不认识，却在一本杂志上目睹过她的芳容——那是随老孟参加某个笔会的旅行途中——生得风姿绰约，气质超群，衬得旁边的老孟形容卑微，只配做她的随从。老孟常把"太太"随身携带。有一次应我们要求，拿出照片来让我们观摩，在众口一词的夸赞声中，老孟并没有昏了头，反而很谦虚，嘴里嚷着"就那样""一般般"，直令我们乐不可支，因为他那副神气活现的神态，俨然把太太当成他家里的一件私藏！

老孟天性开朗，说话诙谐，是典型的乐天派。据说他在家里也是这样，常常开玩笑，笑得他们家保姆不能擦地干活。他得意地说，我们家总是欢声笑语。

也正是因为这样的性格，老孟人缘极好，有他在的场合，我们总笑个不停；倘若有一天他突然变端庄了，我们便怅然若失，端庄的老孟还是老孟吗？当然是！只是风趣的老孟更使我们感到亲切。老孟是亦庄亦谐，亦张亦弛，属于那种老少咸宜型的人物。

然而我们喜欢跟他相处，并不全因为他会逗趣，更因为他的单纯，透亮，少心机，无城府，他对人不设防，很少伤及无辜，却容易被无辜所伤——他会介怀吗？也许，不过很快就忘了。这与其说是他的宽容，不如说是他的憨性。某种意义上，他是一个未长熟的大顽童，但他顽皮得恰到好处，顽皮得使人莞尔，喷饭，却不使人头疼，难堪。

其实熟人圈里，像老孟这样的愉快人物总有一些，伶牙俐齿，活色生香。老孟的不同在于他的适度，他知道场合，这里头有分寸的掌握，我不认为这分寸是老孟度量出来的结果，这是他的天性和本能。据我所知，他很少臧否人物，也极少言语刻薄，当面是这样，背后也是这样，这不是世故，这是他的温柔敦厚。还有就是，老孟很懂得"承让"，倘若聚会中另有一个伶牙俐齿的人物，那么老孟便宁愿当听众，和我们一起咯咯傻笑。我们问他，你为什么不表现一下呢？他朗声回答，红花也需绿叶扶。

老孟就是这样一个人，机敏，善良，谦逊……品格上堪称君子。我前面拿他和女学生开玩笑，其实是冤死他了。有一次他跟我们聊天，聊起现在颇为流行的师生恋，老孟义正词严地加以痛斥，他认为这是教育行的底线之一，这事碰都碰不得！我不知道老孟在学生心中是怎样的形象，心想若是这副脸孔，女学生是很难对他有想象力的。

其实关于老孟，还可以写上很多，但因为篇幅的关系就此打住。我们平时只念记他的乐天、风趣，却不知他和我们一样，也有很多困苦烦愁，他不能解开这烦愁，只有对酒当歌，人生几何！他跟我们一起相处，只给我们想要的——我们要的是花团锦簇，欢声笑语。倘若有一天我们心有所感，想跟他聊点"虚空"，他自然很配合的，先点上一支烟，架着腿坐在椅子上，神情真诚而庄重。他说着说着，我们不知为什么又想笑了。老孟很茫然地拿手摸了摸后脑勺，他知道这话题是谈不下去了，随之神情一变，一脸生动活泼。

可爱的老孟，问好！

2010 年 1 月 12 日

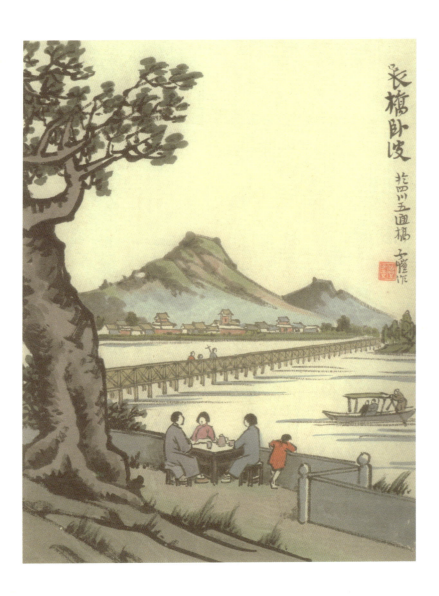

蜀江水碧蜀山青　子愷

朱文颖　出生于上海，现居住在苏州。1996年开始小说创作。著有《高跟鞋》《戴女士与蓝》《水姻缘》等。

一棵"醉酒"的芦苇

老孟喝酒，好像不挑菜也不挑人。当然，与不挑菜比起来，他多少还是挑人的：希望同喝的弟兄姐妹拥有一张熟悉的面孔。所以说，老孟的酒事儿更像是一场念旧的仪式，进屋，相认，择座，欢欢喜喜开始，说唱，歌舞，稀里哗啦，直至崩溃，并且永不厌倦。

帕斯卡尔说过：世上一切灾难都起于人不肯待在自己的房间里，做一棵"思想"的芦苇。到了老孟这里，这句话突然变得复杂难解起来。首先，与老孟喝酒后的第二天，很容易进入一个低落惆怅的阶段。隔天的狂欢历历在目，老孟如同一位泛出光芒的酒神，站在巨浪汹涌的堤岸边，指挥我们，鼓舞我们。于是我们一起敲击桌子，大声叫着要更多的酒，再更多的酒，以及更多的歌。这是酒精的幻觉，第二天就醒了。老孟仍然在那里，他可以像海浪一样，继续酝酿下一个，再下一个……然而我们不行，喝酒是一种对身体与意志的双重考验，我们不得不开始正视老孟的天才，并且深深思考起来。严重的时候甚至是一种绝望的感觉。只是与老孟喝了酒，就突然看到了人生的一些本质：有些东西是命里注定的，能不能喝酒是命里注定的，能喝多少酒也是命里注定的。和老孟喝酒后再去看尼采的超人学说，想做超人的想法只会保持三分钟。

这种绝望是一种灾难。所以帕斯卡尔的话也可以这样理解，都因为我们不肯好好待在自己的房间里，我们出来和老孟喝酒，突然得到了生命限制的启示，就像某种并不那么愉快的启蒙那样：我们赢不了他，不管怎么样，我们都赢不了他。

至少在喝酒这方面，老孟没有这样的限制。他需要酒，就像青草需要阳光和雨水。有一阵子，在酒桌上见老孟沉默，面前的酒杯清可见底。

问他：不喝了？

幽幽地答：不喝了。

再问：为什么？

再答：戒了。

那一阵子老孟明显地无趣。有一种大祸临头的沉闷，不由让人替他担心起来。仿佛这个人并不仅仅是生活在现实世界里的，抽掉喝酒后幻觉的那部分，他便不那么完全成立起来。就像贾宝玉掉了那块通灵玉，有什么东西死掉了，旁边的人看着都心疼。

于是我们开始劝老孟：喝点吧，没事的，喝吧。

老孟可能有过不止一次这样的循回。停了又喝，喝了再停，最终还是决定回归。这样他就踏实了，我们在旁边看着也踏实了，也觉得做对了。虽然和老孟喝过的第二天仍然绝望，但连这也是对的一部分。

酒后的老孟很闹，有时还跳一种奇怪的舞蹈。那种时刻他是有光彩的。就像戏剧一样，他能把世界重新编排，组合成一种我们都心向往之的结构与音律。那个时候，他是一个知道世界核心秘密的人，懂得巫术和咒语。我们和他一起舞蹈，收起平时装在脸上的面具，咽下常常脱口而出的谎言，说真话，大笑，万物生长。

前一阵，我连着看了三部越狱片《飞越疯人院》《肖申克的救赎》和《巴比龙》。无疑，最爱《巴比龙》。这片子描述了一名因冤入狱囚禁于恶魔岛上的犯人巴比龙，一次又一次地逃狱，又一次又一次被捉回。经过十多年，他头发已白，但仍孤注一掷地抱着一袋椰壳从悬崖跳下大海逃生。

巴比龙有个同伴戴可夫，他和巴比龙共同经历了多次失败，是巴比龙追求自由的半生的见证者。最后，他虽然勉强拿着一袋椰子，和巴比龙一起来到峭壁边缘，他们一起观测海潮，他问巴比龙："你想这个计划会成功吗？"巴比龙说："有什么关系吗？"他又说："你知道你会死的，请不要这样做。"这次巴比龙什么也没有说，只是紧紧抱住了他。

巴比龙跳下去了。不知生死，义无反顾。

这是电影史上伟大的一幕。很多人希望它停止在从万丈悬崖上跳下的那个瞬间，而不是如此写实地告之：最终巴比龙在椰壳上顺利地漂过了三十五英里的距离，获得了自由。

我能理解这种感受，有点像月上柳梢，大家去赴老孟的酒局。三杯两盏，突然群情激荡。

喝吗？

喝！

不知今宵，不知明朝。

2015 年 2 月 27 日

煨芋如拳勸客嘗　子愷畫

黄咏梅 广西梧州人。毕业于广西师范大学，文学硕士。曾在《羊城晚报》做文学编辑。现为浙江作协文学院副院长。曾是校园诗人，后主要从事中短篇小说创作，著有《负一层》《单双》《一本正经》等。

老孟一杯一杯复一杯

女人的名字叫作男人

男人的名字叫作逃避

逃避的名字叫作酒

酒的名字叫作水

水的名字叫作女人

女人的名字叫作男人

……

周华健这首老歌，并不太著名，但我却很喜欢。就像一个酒鬼，坐在深夜的酒馆里，一杯一杯复一杯，循环不断，从低到高，从冷到热，然后，调子再也降不下来。也像跟老孟一起喝酒的情境。

第一次见到老孟，是 2002 年在桂林，开中国当代文学年会。那时我刚毕业工作不久，跟着我尊敬的师友、中山大学的程文超教授，见到了很多大名鼎鼎的人物：孟繁华、陈晓明、陈福民、吴义勤、吴思敬、张柠……他们的文章在我研究生做论文的时候，偷偷"借用"过，因此，见到他们，我就在心里偷偷敬他们一杯酒，忐忑不已。会后，集体坐船游漓江，陈晓明、陈福民两位陈老师，谦谦君子，玉树临风，站在船头，被众多女士抢着轮番合影。一路过去，他们站成了两岸的奇峰。唯独没看到孟繁华老师。现在回想起来，他大概见不得那绵柔的漓江水，那会让他加倍地思念酒。如果漓江是一只大酒池，他会一头扎进去，顺流逆流，风光无限。上岸后，我们即被拉到解放桥的一个酒馆里。那是我第一次见到喝酒的孟繁华老师，神采飞扬，杯盏风流，很是唬人的。自那夜后，我就管他喊"老孟"。后来我渐渐知道，那些跟他喝过酒的人，大多都会叫他"老孟"，男女老幼。这一点，可详阅魏微发表在《羊城晚报》写老孟的一篇文章《一个老少咸宜的人》。这题目当时是我改的，取自她内文的一句话。它无端地让我想起一包九制陈皮——老孟的确像我们随身携带的九制陈皮，居家旅行，老少咸宜，在某个昏昏沉沉的旅途，含一片，五味复归，即时醒神。想来，那感觉，也像犯困的老孟遇到了一杯酒吧。

　　一个人，可以把名字喝省了，把辈分喝没了，仿佛他来到这世间，就是为了把所有老底都散给大家。跟老孟喝过多顿酒，主题、人物、酒类各异，然而结局大抵相若，任谁，都会跟他一杯一杯复一杯之后，重则趴在桌上长醉不起，轻则飘飘然如升天，难分今夕何夕，此处何处。耳朵却还能听到他学着《茶馆》里常四爷的腔调，悲壮地说："我看这大清国是要完哪……"他哀其不幸、怒其不争地乐着，又搞一杯下去了。仿佛我们就是那帮喝败了山河的子孙。我的酒力一贯不济，因而每次，从我的醉眼看过去，老孟会变得无比巨大，随时等着将我们这些虾兵蟹将收入囊中。当然，他不是来收我们的，他是来让我们"嗨"的。很奇怪的，跟老孟喝酒，即使胃里已经开始翻腾，但却感觉不到难受，吃吃地笑着，呵呵地笑着，东倒西歪地笑着，即使躺下了，也挂着笑。老孟讲着荤段子，演着小品，讲着乱七八糟的政治经济，他让你在笑声里一杯一杯复一杯，舒服地高了。

　　在跟老孟喝酒的局里，往往少不了与他形影不离的贺绍俊老师。对于二人的情义，我们曾下过结论——攻受型。无需解释，只要看到过他们在一起喝酒，就能体味此间真意。老孟劝人干尽一杯，人家但凡扭捏了，他会说："难道你是甫志高？"说完，赶紧抹一下嘴，改口，"不对，甫志高正是那一位。"眼睛朝那个位置瞥了一眼。那个位置上，一定坐着面泛红光、笑容可掬的贺老。贺老是不跟他辩的，他是婉约派，始终微笑着，瞅着某个机会，出其不意地还去一击，只是，这一击，也如拳头打进了棉花，攻和受都舒服的，有点打情骂俏的味道了。

实际上，贺老常年顶着"甫志高"的罪名，都源自他的宅心仁厚。去年6月，在东土城路的一家饭馆喝酒，老孟、贺老、胡殷红、魏微和我，喝到深夜。酒量最浅的我，如踩云端，迈出饭馆，一阵微风过来，几乎被刮倒。贺老扶了扶我。道别的时候，老孟坚持要转场再喝，他朝大马路扬着手，字正腔圆地念道："难道夜生活不是刚刚开始吗？"就像马路上有千百观众。我们都喝怕了，他却酒瘾未足。他对我们拉扯着，将散向两边的人又赶拢在一起，就像个牧羊人，赶羊转场，他认定，转场后，一定有丰美肥沃的酒牧场。就在这个时候，贺老猛地拉起我，决绝地朝前走。我边走，边回头看。那几个影子还在原地。贺老立场坚定，脚不停步地说："不看他们，我们走，我们走……"我借着贺老的力气，将身后的老孟甩得远远的。深夜的东土城路，车已稀少，灯也暗淡，那气氛，真的像有两个心虚的、气喘吁吁的甫志高在跑路。隔天，我愧疚地问老孟，他果然说，那个人，就是甫志高。我点点头，嗯，贺老是好人甫志高。他随即长叹一声："我看这大清国是要完哪……"那潜台词却明摆着是："管他完不完，只要有酒，就有千秋万代。"

都说酒与色是邻居，但我觉得老孟的酒即是色，色就是酒，酒是老孟的另一种荷尔蒙。不知何故，老孟很少在我面前谈女色，只有一次例外。那晚在杭州，有邵燕君、哲贵等人。老孟一本正经，边喝酒边跟我们谈到了女人。讲他当知青那段，在东北的木场，伐木十年，喝酒十年，十年不知女人香，十年把酒当色，十年对酒调情。最血气方刚的十年，老孟是和木头和酒度过的。返城后，某天在车上遇见一个美女，老孟像得了魔怔，一路跟着人家，差点跟回了家。他说："我当时只是想跟着她啊。"他那坦诚的样子，让我们看得竟然心痛。那晚，我们敬了他很多酒，一杯一杯复一杯，仿佛亏欠了他，又仿佛是在做某种补偿。结束后，回宾馆，在湖墅南路口，绿灯一亮起，他率先大步流星地穿越斑马线，如少年般。此后，我特别愿意看他见酒撒欢的样子，即使喝到打吊针，也并不觉得他过分。

再一句一句地读读周华健那首歌："女人的名字叫作男人，男人的名字叫作逃避，逃避的名字叫作酒，酒的名字叫作水，水的名字叫作女人，女人的名字叫作男人……"这是一个酒鬼对酒的理解，一个男人对女人的理解。这是老孟喝酒的节奏，当然，也是命运流淌的节奏。

今朝風自來西北東面珠簾一丄鈎

子愷畫

邵燕君　出生于北京，毕业于北京大学中文系，获博士学位，毕业后留校任教。从事当代文学研究，著有《倾斜的文学场——当代文学生产机制的市场化转型》等。

以宗教般的热忱恋恋红尘

文坛有两人，同行须谨慎。一个是我们敬爱的谢老师，一个就是我们亲爱的老孟。

和他们在一起的时光，是一种单纯的快乐。那快乐像一首嘹亮的歌，全凭一股热闹劲儿撑着，看似无依无傍，却又结结实实。日子长了，这种"非物质性"的快乐就有了某种"物质性"。说来不好意思，总让我想起"一寸光阴一寸金"——就像一块一块金砖，实实在在地砌进我们的日子里。

既然如此欢乐，为何还要谨慎？因为和他们在一起，你的神经系统、消化系统、内分泌系统，酒量、肚量、胆量，都要受到严峻挑战。每年春天的"谢饼大赛"，就像一次体检；每次和老孟喝酒，都是一场拉练。

我和老孟喝酒，一般都是开会。不是所有的会场都有酒场，但有老孟的会场一定有酒场。老孟的酒场通常要转两三家，待到凌晨打烊时，一定会对服务员说那句孟氏名言："我以为夜生活才刚刚开始嘛！"

其实老孟的名言就是那么几句，诸如"我发觉您的地位变了，谦虚谨慎的作风没有变！""除了赞美我还能说些什么呢？"当然，过一段时间会换一批新词。难得的是，他能把这些名言反反复复地说，每次都满怀激情，像第一次说一样。不要小看这一点，正是这样的重复，使老孟的高昂可以持续。我们见到老孟，通常会预期一场情绪上的高潮，听他用"经典唱段"加就地取材，连缀起一场语言的狂欢。但老孟的情绪总是那么高昂吗？他就没有低落、消沉的时候吗？或许高昂正是他解脱低落的方式，或许我们已经习惯了他的高昂，而他也习惯了我们的期待。而如此的习惯性高昂里是难免有情绪透支的。

和"老孟的酒事儿"流传频率不相上下的是"老孟的戒酒"。不久前，就在讨论《老孟的酒事儿》一书编写事宜的酒会上，谈到"老孟的戒酒"，孟嫂有句话让人动容，她说："老孟在外面喝酒的时候确实很高兴，但喝醉了，回到家里他就不高兴了，很不高兴。"当时，坐在我旁边的福民兄说："你和老孟喝酒，第一场是最欢乐的，第二场的下半场或第三场，就不一定了。"如果我们把这些年来老孟带给我们的快乐制成一枚军功章的话，

背面应该刻的是孟嫂的名字，或许还有几位他的忠实"战友"。不过，"走下神坛"的老孟似乎形象更伟岸了，颇有几分"肩起黑暗的闸门"的意思。

不过，和老孟喝酒，我好像从来没转战过第二场，一般第一场坚持下来就不错了。回到房间，通常是醉了。第二天起来很艰难，匆匆忙忙地吃早餐，经常是，记不清多少次了，迎面碰见孟老师正西装革履、神采奕奕地从早餐厅出来。等我溜进会场，孟老师正气宇轩昂地做大会主题发言。让我不得不感叹，孟老师身体真好！

在谢门，身体好是资格考。这几年，我为了混迹于谢门，连续四届参加每年春天的"谢饼大赛"。自从第一届以六个馅饼的超常发挥与同样超常发挥的洪子诚老师并列新秀奖之后，一直保持着六个的优良成绩（昨天的第四届是五个，但参赛者普遍反应这次的馅饼比较大）。不久前，我还经过了谢老师的单独测试。在我们的好朋友朱竞（蝉联第三届、第四届"谢饼大赛"女冠）的农家小院里，谢老师和我对饮了四种酒：两种白酒，一种葡萄酒，最后一罐啤酒。我已经不行了，强撑着，老爷子一点事儿没有。自此，我被谢门正式列入门墙。谢老师给我的评语是："跟着曹文轩你就是个淑女，只有跟着我，你才能成为一个坏人。"

曹老师是我的导师，他总说谢老师是有着生活大智慧的人。对于这句话，我以前领悟不深。这几年，经常跟随着谢老师胡吃海喝，为非作歹，渐渐有点感觉了。大概七八年前，我去云南出差，和谢老师同行。当时我忘了因为什么点小屁事儿而郁郁寡欢。谢老师看出来了，就对我说："邵燕君，你记住谢老师的话，昨天的事已经过去了，明天的事谁也不知道。我们能拥有的只有今天！"当时，谢老师正新遭人生大不幸，但老爷子一声不吭。一路上，主动和每一个女孩跳舞，爬山一个人走在最前头，把我们远远甩下。后来，我和高秀芹（**谢老师关门女弟子**）经常带几个闺蜜和谢老师欢聚。有几次，酒桌上，老孟郑重向我和高秀芹敬酒，严重表扬我们："做得很好！"这时候，老孟像个长子。

在生活态度上，老孟得了谢老师的真传。他也是个"今天派"，无论生活里有什么，都用酒直接砸过去，谁也别想阻挡我今天的好日子！当然，这得身体好，有把子蛮力。老孟的身体是当年在长白山当了十年伐木工人打造出来的，酒量也是，天寒地冻，就靠一壶白酒提着神。我最崇拜这种有着强大的原始生命力的人，因为我相信，只有强健的体魄，才有强健的灵魂。

去年，著名诗评家陈超先生辞世。也是在一个酒桌上，两个陈先生的女弟子满怀深情地谈到老师的死亡是一种"诗人之死"。我见到老孟以少有的长者口吻对两位美眉正色道："姑娘，听孟老师说，以后不管是谁，跟你谈诗人之死，你二话不说，转头就走。看书也一样，见到有关生死的哲学问题，立刻绕开它。"我想老孟的意思是，生死的事不是凡人有资格思考的。孔子说：

"未知生，焉知死？""未能事人，焉能事鬼？"连老孟阳气这么盛的人都不敢想生死的事，我辈又岂敢？还是跟着老孟喝酒吧。

老孟的神经比我们一般文人粗壮得多。在我看来，他不是那种"专为文学而生"的人。他当年投身文学，可能只是当时文学正产生轰动效应。要是赶上一个"以经济建设为中心"的时代，估计老孟会成为一个企业家。不过，要是那样，老孟的酒场就变成生意人的战场了。那样不好玩。还是让老孟留在文学界，为艺术而艺术吧。

我这么说绝不是低估老孟作为著名学者和评论家的成就。我只想说，老孟其实是那种样样都来得的人。在各行各业，他都会是一个优秀的人才。只有在酒场上，他才是一个天才。

老孟是公认的酒神。之所以能封神并非单凭酒量（虽然确实挺能喝），而是他提着酒场的精气神。独酌不是老孟的风格，老孟之乐不在酒，在于宾朋皆尽欢。再回来说老孟的戒酒，如果让老孟做一个选择——一个是自己在家喝好酒，一个是和朋友喝酒但实际他的酒不含酒精——迫不得已二择一的话，我猜老孟会选后者。凭这个设定可以写个科幻小说，或许他的女儿——文坛新秀孟小书可以尝试一下。

老孟的生活真是繁华。每次翻《文艺报》，看着上面有关老孟参加全国各地各种研讨会、高峰论坛、颁奖典礼的消息，就知道老孟的酒场又开张了。老孟真是有福，你很难想象还有哪个行业能像文学圈一样，"体制性"地满足着老孟的酒神生活。这并不是说老孟的酒场是腐败之花——事实上，老孟真正的酒场基本是在会议餐之外或之后的。但文学圈可以"体制性"地帮他组局，大江南北，呼朋引类，谈笑有酒徒，往来没正事儿。在我们这样一个经济高度增长的社会，目前只有文学圈有这份奢侈。记得有一次，老孟酒足饭饱之后摸着肚子说："你说，政府养咱们这帮人到底是干什么呢？"我以为，这句话里有老孟的大明白。

老孟的大明白还表现在，他的酒场与会场是分得开的。老孟的酒事儿处处流传，但好像从没听说过老孟因酒误事。不管头天喝得如何昏天黑地，第二天总是早早到会场。印象中老孟从不迟到（这好像也得益于谢门少有的规矩），而且发言必有稿。所有的场合老孟都是高度捧场的，并且是态度严肃的。只是，见到老孟，大家的心会自动活泼起来。有孟老师的会场总洋溢着一股喜气，就像有贺老师（贺绍俊）的会场总有一种和气。所以，当听到老孟和孟嫂要去香港讲学半年时，大家都会脱口而出："你走了，中国文坛怎么办？"

只有一次，我见到老孟真的是好酒。那也是一次出差，已经大喝了好几天了，人困马乏。我们一行到机场时间尚早，就坐在一家快餐店打算吃碗面再走。面上来，没有酒。我看见老孟和李云雷对了一下眼神，两人同时起身，去买了一瓶二锅头回来。云雷是我师弟，颇有新一代酒神之势。我相信，以当时的氛围，如果老孟身边没有云雷,云雷抬头没见到老孟,两人谁也不会起身去买酒的。那天雷地火般的一眼对视,是酒神与酒神之间的会意,其中的意境,非我等麻瓜辈所能体会。

老孟这几年常跟李云雷、石一枫等几个"70后"混在一起,他们在一起时如此和谐,以至很难说是忘年交。和老孟混必须身体好,所以,他身边的酒友也必须一辈儿一辈儿地换新人。

和谢老师一样,老孟是文坛的常青树。相信他们会一路高歌猛进,以酒为马,梦尽繁华。想必也只有大智慧、大明白的人,才能用生活的大热闹、大繁华对抗生命的大恐惧、大虚无。如此想来,老孟其实一直在以一种宗教般热忱献身于世俗生活,如他自己的名言:恋恋红尘,四处滚滚。

写于第四届"谢饼大赛"次日

2015 年 4 月 18 日

六月水窗邂逅扇底微風記否
那人同坐織手剝蓮蓬　子愷畫

高秀芹 山东人。毕业于北京大学中文系，获博士学位。现供职于北京大学出版社。

老孟

老孟就是孟繁华。我们都称他老孟，有种尊敬和信赖的意味。后来连导师和师母也称他老孟，可见老孟的威信之高，老孟的名字越喊越响。当然，这时候那个叫孟繁华的人已经在学界混得像个大师模样了，孟繁华也被叫得越来越响了。我们仍喊他老孟。

老孟是谢冕先生的老学生，他来读谢先生的博士生时，已经老大不小了，好像有那么点知青背景，教书多年，结婚生女，在当代文学界也小有名气。我读书的时候，老孟已经毕业到了社科院，严格地说，老孟是我未同过学的大师兄。我第一次见到老孟是在谢先生主持的批评家周末上。那时我还不是谢先生的博士生，我来北大开会，听说有这么个批评家周末，就去旁听，一去果然名不虚传，眼界大开，我从来没有见过这样的自由空间和谈话方式。谢先生随意自如，谈笑风生，学生们自在率性，书生意气，师生们海阔天空地谈着当代文学的诸多现象。正式开始的时间已经到了，谢先生在众人的喧嚣声中问："到时间了吧？"屋子里顿时安静下来。"老孟还没来？等等老孟，他说来的。"还是谢先生高声询问和自问自答，高亢的声音里带着浓郁的福建口音。我当时就想，老孟是谁？是不是著名的孟繁华？先生的话刚落，老孟就气喘吁吁地进来了，一副庄严而厚重的样子。谢先生笑着说："老孟来了，大师来了，我们开始吧！"老孟朗朗大笑，算是对先生的回答。我悄悄地问身边的同学："老孟是谁？""孟繁华。"我当时对老孟肃然起敬。我到北大以后，我们的批评家周末，老孟每次必到，风雨无阻。那时老孟的家离北大很远，老孟大老远地在北京的风沙里穿行，足见对文学的热情和真挚。上完课后，便经常在一起吃饭喝酒，与老孟渐渐熟识起来。

老孟东北人，豪爽义气，仪表堂堂，风流倜傥，书生情怀，激情万丈，说话底气足，声音洪亮，笑则朗朗大笑。喜饮酒，饮到忘情时或大放厥词，或引吭高歌。醉时更是性情毕现，诗酒风流，大有李太白之遗风，可惜生不逢时，老孟没有赶上写诗的年代，而成了所谓的文学批评家。老孟在北大时，喝遍了北大周边的大小饭馆，到社科院时，更是把酒风发扬光大，成立了著名的"酒协"，并亲任会长。喝得一塌糊涂，酒神精神顿现，文章一篇接着一篇，知名度越来越大，身体也越来越糟，最后终于饮恨戒酒。不喝酒的老孟好像不是我们心中的老孟，每逢聚会，再也见不到老孟的豪饮狂欢，顿感黯然神伤，索然寡味，很没有意思。但是为了当代文学和老孟的革命身体，我们只能接受并欣赏老孟优雅的蜻蜓点水状的啤酒风度。

老孟的故事很多。比较有意思的是老孟与一个意大利女孩的故事，这个故事在我们中间已被讲过多次，每次我们都大笑不止。有时当着老孟的面，我们笑，老孟也笑，笑完后老孟象征性地微露点不好意思的样子说"都是他们两个家伙搞的"。这两个家伙就是旷新年和尹昌龙，他们是同年同学，老旷和老孟同屋，昌龙和老孟是同门师兄弟，三个人好得不得了，经常在一起切磋学艺，游戏嬉闹。一日，一个叫茉丽的意大利姑娘慕名要跟老孟探讨当代文学。老孟精通日语，但于英文则大字不识一个。老旷和昌龙发誓要教会老孟一句英语，教什么呢？就教一句最常见的问候语吧：你好！（Do you want me？）老孟很激动也很努力，翻来覆去地练习，终于把 Do you want me 练得像说中国话一样自然了。见面的时间到了，老孟郑重而很有绅士风度地向远方来的姑娘表达真挚的问候：Do you want me？（**你要我吗？**）我们可以想象老孟是怀着怎样的自信和风度向美丽的意大利姑娘问候的，我们也可以想象这个意大利姑娘是怎样的目瞪口呆和不知所措，我们也可以想象那两个家伙在背后是怎样的得意和坏笑。那个时候，Do you want me 被反复叙述，在我们之间成为一句流行语，见面第一句话必是 Do you want me？现在 Do you want me 已经很经典了。

老孟表面上粗壮豪迈，骨子里却柔肠侠骨，介于聪明糊涂之间，于人于事洞彻分明，人气很旺，犹风行于水上，不露痕迹，圆润剔透；于大事则立场坚定，正气凛然，不让分毫，犹玉树临风，岿然不动。做人作文都很全面，是"帅才"样的人物，领兵打仗，指挥三军，神情自若。老孟虽叫"老孟"，但很青春，对文学怀着永远的"理想精神"，老孟把文学青年的热情和文学家的深厚结合起来，对文学一往情深。我有时看到老孟生机勃勃的样子，很为自己惭愧。吾辈经常轻易言老，无所归依，徘徊彷徨，不知所措，为自己干的这点事怅然，和文学一同降落。可是，老孟从来都是高歌猛进，激情万丈。文学研究对于老孟不仅仅是职业，而是精神依托，是一种生活和生命方式，这样说好像有点严重了，其实并没有危言耸听。看来痴心不改的老孟要折磨文学和被文学折磨一辈子了。

阿弥陀佛，苦海无边，回头是岸。

老孟已经没有回头的岸了。

注：

我的文章写得很早，大概有十年了，谢冕先生的《老孟那些酒事儿》第一句话是从我的文章里顺过来的，写得很全面。跟约稿的"老孟那些酒事儿"有些文不对题，将就着用吧。

満眼兒孫身外事
閒梳白髮對斜陽
子愷畫

嚴霜烈日皆經過　次第春風到草廬

岛由子 日本学者，20世纪90年代曾在北京大学进修。

老孟的日语

当年我在北大进修，住在勺园（留学生宿舍）的时候，我晚上常常接到师兄老孟的电话。他好像喝醉就想要说日语，所以他喝酒常给我打电话，因为我是日本留学生。

他跟我说过，要上大学的那年夏天，他偶尔看日本电影，就对出演女主人公的日本演员中野良子一见钟情，突然开始想学日语了。所以他大学的外语就选了日语。

当时我们周围很少人有手机，所以他给我打电话总要打我宿舍的座机。我们房间一共有三个人住，一个是日本女孩，另外一个是美国女孩。虽然学校随便安排我们住在一起，但我们的关系特别好，像姐妹一样。

所以，老孟给我房间打电话不一定是我来接，有时我两个同屋替我接电话。有一次比较晚的夜里，老孟又喝酒给我打电话。

那次我同屋的日本女孩接，她接电话后找我，脸上带着莫名其妙的表情说，有人找你。她还说对方好像说日语，但她一点儿也听不懂。我就知道是老孟，接了电话跟老孟说话，我也一点儿都听不懂他在说什么，只好劝他早点回家好好休息。

我挂上电话后，两个同屋到我身边，非常担心地跟我说："你没事吧？是不是他让你为难？"这让我笑死了。我跟她们说："怎么会呢？他是我很好的师兄，白天没喝酒时他是典型的中国绅士，而且日语说得非常正确，也很流利。"

是的，老孟就是这样。他白天是笑容腼腆的、很有礼貌的中国绅士，只是晚上一喝酒他就变得像少年一样"顽皮"，总给我们带来很多快乐。因此，无论是白天的老孟，还是晚上的老孟，无论是他的汉语还是日语，我们都很喜欢。

江春不肯留行客
草色青青送馬歸

子愷

無言獨上西樓月如鉤　子愷

酒与学问

孟繁华

甲午年九月初九——也就是 2014 年 11 月 1 日，时逢茅台酒厂举办"第十一个茅台酒节"。有幸参加盛典，不胜感慨。天降大雨，气温骤降。酒厂广场人头攒动，旌旗列阵，鼓声震天；龙狮队、仪仗队、鼓乐队、舞蹈队等三十余方阵整齐排列，来宾与酒厂员工在雨中伫立，盛典一如既往处乱不惊。在中央音乐学院为茅台酒量身创作的开场曲中，"汉帝甘美，天子由衷赞叹；酒冠黔国，诗家笔墨情真。国酒茅台，日月朗照；人间极品，环宇闻名"的《茅台赋》，抑扬顿挫声震酒坛圣地。大典就是仪式。古代生活多有仪式——国家、家族、行业、生死等，它不仅是重大事务的特殊表达形态，而且也渗透于日常生活当中。古代生活没有仪式是不可想象的。仪式有让人产生敬畏、凝聚精神、承传古训、勇闯未来的精神力量。现代人除了国家事务之外，日常生活不大讲究仪式，这应该是有欠缺的。

这是到茅台酒厂的第一印象。作为国酒的生产厂家，它宏大的气象和不断构建的国企文化，都堪称典范。作为一个饮者，能来酒的圣地观瞻，肯定是心中一大夙愿。这次随《人民文学》组织的作家采风团到茅台酒厂采风，终于了却了这一心愿。其实，作为一个喝酒的人，与研究酒史酒业的人并不完全一样。研究者是要做酒的学问，构建酒的生产或发展历史；喝酒的人就完全不一样了。在中国，酒的销售量在世界范围内大概难有匹敌者。国人爱酒是一个传统。古典小说、古代诗词、古代官场，达人、文人、骚客，一直到现代生活，如果没有酒，这文化史或日常生活如何书写还真是个问题了。身边的朋友我看到的就有社科院文学所古代文学学者刘扬忠先生编纂的《诗与酒》，专讲古代文人与酒的关系；最好玩的是吴祖光先生在20世纪90年代初期编的《解忧集》，读过之后才知道酒与文人的关系有多亲啊！

有心人还真就把酒喝出了学问。比如文化学者吴晓煜先生的《酒史钩沉》。吴晓煜先生曾在煤炭部为官，同时也是一位历史学者。他阅酒无数自称"酒翁"。有趣的是他的文化随笔集《酒史钩沉》的缘起：他去太原出差，主人用名酒"竹叶青"款待，他喝了两大茶杯后神志难支纳头便睡。于是发誓"酒把我整糊涂了，我要把酒弄明白"。作为一个历史学者，他专业训练有素，翻检材料查考文献，实地考察不一而足。一年过后便有了"酒

可嘆世無知己高陽一酒徒

子愷畫

翁谈酒三百篇"。《酒史钩沉》的书名非常学术化，当然也可当作学术书籍阅读。这部书的最大特点却是，它很学术但更好看。说它学术，它又不是学院的高头讲章，不是端着架子拒人千里；说他是散文小品未尝不可，但那里又处处透着学问。这两者要结合好并不是一件容易的事情。

我首先感慨的是《酒史钩沉》里的学问。我经常饮酒，也经常被酒"整糊涂"，但至今也没有整明白酒。晓煜先生饮酒风雅从不酗酒，他对自己的要求也令人钦佩。也许只有如此理解酒的人才可能与酒结下这般缘分。在杂说酒史中，他谈到的许多知识性问题我闻所未闻，比如酒的历史要早于文字的历史，而且最早发明酒的是母系氏族社会的妇女；中国的葡萄酒先秦就有了；再比如古代掌酒的官职，周代有酒人、汉代有酒士、唐代有酒坊史、宋代有酒务官，而司酿是女性酒官；而且有法酒、家酒、烧酒、苦酒、火迫酒、煮酒、药酒、压酒等。这些与酒有关的知识，不仅满足了我们对酒史的了解。同时也使我们有机会将酒与社会政治、历史、经济、文化等联系在一起，原来酒里有乾坤。虽然是杂说酒史，但这些零散材料一旦集中在一起，它的意义就被放大了许多——我们看到的已经不止是液体的或能够满足我们欲望的酒，也不止是无数朦胧的醉眼或猖狂或节制或披头散发的各色酒徒名士，而是在酒光里折射出了我们意想不到的大世界。

在"酒名、名酒溯源"一辑里，中国的酒文化被彰显出来。比如作者通过庾信、李商隐、李白、杜甫、柳宗元、孟浩然、戚继光等人的诗，考据出"古来美酒称流霞"，不仅让人联想到古代文化的优雅，对酒的热爱、尊崇，只听这"流霞"两字，就会让人浮想联翩忍俊不禁，恨不得转身回到古代去。另一方面是吴晓煜先生涉猎广泛。比如在《〈镜花缘〉名酒与酒典故》中，他敢于指认"在谈及中国古代各类名酒的古典小说中，记录最全者，大概要数清人李汝珍的《镜花缘》了"。小说中列举的名酒凡五十五种，产地各异，品种繁多，不仅从一个方面表达了酒的流通状况，而且也足以说明李汝珍先生是一个见多识广喝遍天下的大饮者。

　　读书求甚解，是《酒史钩沉》给我留下的鲜明印象。特别是读文史书籍，包括我们从事专业研究的人不曾留意的与酒有关的材料，都被作者记录下来然后再接着考据。比如"扶头酒"，是李清照的《壶中天慢》、贺涛的《南乡子》、赵长卿的《小重山》提到的；比如对醉酒、严重醉酒、假装醉酒、醒酒、解酒，对酒友、酒虫、酒狂、酒社、酒僧、酒祸等的考辨解析，都是言必有据必可籍。不仅显示了作为学者的功力，而且也证实了一个学者的眼光和持久的关注。《酒史钩沉》与我读过的关于酒的书非常不同。很多文人写的与酒有关的书或文章，更多的是有趣，趣闻趣事，各色人等。这样的书当然也有意思。但《酒史钩沉》的有趣不只是通过饮酒人实现的，它更提供了许多与酒有关的知识性的材料，通过酒，我们更多地了解了中国历史文化的丰富性。同时，在《酒史钩沉》里，吴晓煜先生也直接或间接地表达了他的历史观。他认为：

我看中国古代酒文化史，不过是中国古代史的一个小侧面、一个特写的小照片，她始终受到政治环境、经济状况、文化氛围制约、影响和牵制。不管酒文化如何表现与演进，其牵线人、制衡者却都是有权者、统治者。而那些人们耳熟能详、言酒必称之的司马相如、曹植、孔融、阮籍、陶渊明、李白、杜甫、白居易、苏东坡、欧阳修……不过是过了酒瘾之后为酒文化添枝加叶的画家，不过是兜里有钱买酒、肚里有墨水的执笔者，不过是这一舞台上由时代所包装推出的演员，不过是有时笑有时哭，有时慷慨激昂有时忧悲啜泣的艺人。我还认为，古来那些脚踏实地、老老实实酿酒、为世人提供美酒琼浆的匠人、酒工，他们的智慧、创造力与体力都凝聚、倾注在酒上了，他们是酒文化的基本力量、基本层面。可惜的是，这类资料、专著太少了，少得可怜。

　　还有一点也许更重要的是，当古代的酒文化呈现在我们面前的时候，我们才深切感受到当下酒风的恶劣或粗俗不堪，很多人喝酒都喝得声名狼藉斯文扫地。因此，《酒史钩沉》在重述中国古代酒文化、酒文明的同时，也为我们带来了一面与酒的关系的镜子。当然，古代也有酒徒酒鬼，但钩沉的历史就是重新结构的历史，那是值得我们弘扬或继承的酒的文化史。如果是这样的话，那么，我认为吴晓煜先生的酒就喝出了名堂。

好鳥枝頭亦朋友　子愷